北の御番所 反骨日録【六】

冬の縁談

芝村凉也

双葉文庫

目次

冬の縁談　北の御番所　反骨日録【六】

第一話　年寄同心

一

「裄沢《ゆきざわ》とは、そなたのことか」

髷《まげ》も「どうにか結《ゆ》わえた格好をつけている」というほど髪が薄くなった老人が、裄沢広二郎《こうじろう》を睨《にら》み上げていた。町方装束《まちかたしょうぞく》に身を包んではいるが、本来なればとっくに隠居《いんきょ》していておかしくない年齢に見える。

場所は北町奉行所の玄関前。刻限は、ちょうど皆が午《ひる》休憩を取ろうかというころのことだ。

「いかにも、それがしが用部屋手附同心《ようべやてつきどうしん》の裄沢にございます」

直接面識のない者を相手にどうかと思う言い方をされたが、年配者ゆえ裄沢はいちおう丁寧《ていねい》な口調で応じた。

昼飯を食おうと玄関脇の式台《しきだい》から表へ出たところを捕まったのだが、奉行所本体の建物を背にした裄沢の左手からこの老人が現れたこともあり、おそらくは年《とし》寄同心《よりどうしん》であろうと察しての応対である。老人がやってきた方角には年寄同心詰所《としよりどうしんつめしょ》があり、さらに角を曲がった先には年寄同心下陣《げじん》と呼ばれる正面玄関とは別の出入り口があるのだ。

「用部屋手附同心の中に、与力の方々のお指図に逆らうばかりでなく、気に食わねば策を弄《ろう》し陥《おとしい》れることまでやってのける者がおると聞いたが」

老人はいきなり喧嘩《けんか》を吹っ掛けてくるようなもの言いを続ける。

突然の当てつけに動ずることなく、裄沢は穏《おだ》やかに返した。

「はて、何のことにございましょうか」

「空惚《そらとぼ》けるか」

「……失礼ですが、どちら様にござりましょうや」

このまま続けても埒《らち》が明《あ》くまいと、裄沢も少し強く出ることにした。

「儂《わし》を知らぬか」

老人は、やや曲がった腰を伸ばすようにし胸を張って問うてきた。

裄沢は黙って返答を待つ。

「若輩者《じゃくはいもの》が、大先達《だいせんだつ》の名も顔も知らぬか――年寄同心の彦内《ひこない》じゃ、よう憶《おぼ》えておけ」

「それは失礼致しました」

よくよく思い出してみれば顔ぐらいは見た憶えがあったが、一緒に仕事をしたこともなければ誰かから紹介されたこともない。が、反論せずに大人しく頭を下げた。

「フン、経験の浅い与力相手なれば口先で上手《うま》く誤魔化《ごまか》せようが、儂のような酸《す》いも甘いも嚙《か》み分けた者には手も足も出ぬか。

まあ、そなた程度の者などどうでもよいわ。あまりいい気になっておると、儂らも見逃せぬようになるということをよう憶えておけ」

言いたいことを口にすると、裄沢の反応を確かめることもなくさっさと歩き去ってしまう。

裄沢にしてもこのまま相手をするのは面倒なだけだから、向こうのほうから離れてくれるのは幸《さいわ》いなことだった。

頭を昼飯のことに切り換えて、表門のほうへ目を向ける。

「面倒なのに絡《から》まれたねえ」

表門脇の同心詰所から現れた男が、やってくる彦内とは離れたところで行き違い、裄沢にスッと近寄ってから声を掛けてきた。こちらはかねて見知りの臨時廻《りんじまわ》り同心、室町左源太《むろまちさげんた》である。

本日の室町は、定町廻《じょうまちまわ》りの代わりに市中巡回へ出ることなく、人死《ひとじ》にや大きな故障（事故）などによる緊急呼び出しに備えて詰所で待機する日らしい。

「年寄同心の彦内どのと名乗っておられましたが、ご存じの方ですか」

「まあ、年寄同心つっちゃあ、とっても年寄同心らしい御仁《ごじん》さ」

室町は、彦内が出ていった表門のほうへ目をやりながら返答してきた。

裄沢の「用部屋手附同心」や室町の「臨時廻り同心」という肩書きが担当するお役を指しているのとは異なり、彦内の「年寄同心」は、町方同心の職級・職階的な役格《やくかく》を示すものである。

当然、彦内にも裄沢ら同様に上から任ぜられたお役があるはずなのだが、にもかかわらず彦内は「年寄同心」と名乗った。年寄が、同心の役格の中で最上位に位置づけられているからであろうか。

彦内は、己の年寄という役格にそれだけ誇りを持っているということなのだろう。まあ意地の悪い見方をすれば、他にしがみつくだけのものがないからかもしれないが。

町方同心は無足《むそく》（無給）見習いに始まり、経験を積み実績を上げていくに従って見習い、本勤並《ほんづとめなみ》、本勤と役格を上げていくが、前述のようにその最上位に相当するのが年寄である。ただし、長く勤めた同心全員が年寄に至れるわけではない。

怪我や病気などで辞める者以外でも、最上位の役格に至る前の段階で、当人からの申し出や奉行所からの打診により、隠居に至る者のほうがずっと多かった。

幕閣の最高責任者を大老や老中と言い、大奥《おおおく》のそれを老女（お年寄）と称するように、幕府のお役における「老」や「年寄」の字は組織の頂点を示すものであるが、町奉行所の下級職員でしかない町方同心の、お役そのものではなく職級的な役格においても同じ意味があると考えてよいであろうか。

年寄やそれに準ずる増年寄《ましとしより》、年寄並《としよりなみ》といった面々に対しては、自身のお役に基づく勤務場所以外に、冒頭で述べたように年寄同心詰所という部屋が用意されている。これは他の役格にはない処遇であるが、年寄同心（及びそれに準ずる役格の者）には、普段のお役とは違う任務が与えられていることがその（表向きの）

理由となっている。

年寄同心詰所は年寄同心やこれに準ずる者が順次「交替で」詰める場所で、当番となった者は奉行所内の業務に限らず町家まで含めた難しい相談事への応対や、刑場における処刑の立ち会いなどに従事した。

これだけ見れば町方同心の中でも一段高く扱われているように見えるし、実際そうした側面もあることは確かだが、必ずしも外見と実情が一致しているわけではなかった。

本来のお役が繁忙《はんぼう》の最中《さなか》にあってもほぼそれに関わることなく、順番が巡ってくれば別の場所で執務を行うような仕事が、多人数とは言えない年寄連中の中で回されるという状況は、本来業務での活躍がさほど期待されていない実態の裏返しだと見ることもできる。

現代の会社組織で喩《たと》えるならば、第一線からは退《しりぞ》いた顧問や相談役といった役職に近い立場だと言えるかもしれない。

年寄同心は、経験と実績がそれだけ豊富な者ということになるが、では奉行所内で頼りにされたかというと、そこは「人それぞれ」というしかない。かつて第一線で活躍した人物が往時《おうじ》の成功体験から脱却できぬまま時代の変化に取り残され、老害扱《ろうがい》いされるという事情は、昔も今も変わらず存在しているのだ。

では、なぜ役に立たない者までいつまでも奉行所の中に留《とど》めておくのか。

米相場への緊急の（効果的な）働き掛けや災害時の橋梁《きょうりょう》の応急修繕など、余人《よじん》をもって替えがたい高度な専門知識を有する人物、あるいは魚河岸や火消しの衆といった血の気の多い者らを取り纏《と まと》める大立て者《おおだ もの》に顔が利《き》く人物などについては、常にいてもらう必要はなくとも「いざ」というときに備えて手許《てもと》に置いておきたいという事情があった。

また、それまでに上げた実績から当人の希望を無視してまで無理に隠居を勧められない、あるいは本来そう勧めるべき職責にある者らが、自分たちの若いころに大いに世話になった（または都合の悪い過去を知られている）ことから「とても引退勧告など口には出せない」、という人物は町奉行所の同心の中にも存在し得る。

さらには、そういう残さざるを得ない者らが当人の希望を理由に「ともに現役として残りたい」と言ってきた人物についても、対象者本人にさほどの価値が見出《み いだ》せなくとも、やはり簡単に切ることはできないのだった。

年寄やこれに準ずる役格の者で、このように「持《も》て余《あま》される」などして無任所《むにんしょ》

（特定の任務を持たない）に近い状況となった者を置く部屋が、年寄同心詰所だとも言えた。実質無任所であるから、本来のお役で任される仕事に本当の意味で重要なものはなく、後進からの相談を受けたり、場合によっては自分から意見を述べにいったりする、（建前上《たてまえじょう》は）「ご意見番」的な存在とされていた。

その中の誰一人をとっても長年勤めてきたという経験を否定はできないため扱いには気を使うことになり、与力どころか奉行でさえ「苦手だ」と敬遠するような人物がいることも確かなのだ。

室町が「年寄同心らしい年寄同心」と語った意味は、推《お》して知るべしというところであろう。


「ところで、なんであの御仁に目ぇつけられた」

お節介《せつかい》焼きの室町が案じ顔で問うてくる。裄沢は気にするふうもなく答えた。

「さあ。言われたことからするとおそらく、俺の普段の仕事ぶりが気に食わないということでしょう」

室町は裄沢の顔を見やりつつ、フムと唸《うな》る。

——まあ、あの御仁にすりゃ、どっちの言ってることが正しいかとかに関わりなく、上役や先達に逆らう言動は癇《かん》に障《さわ》るに違《ちげ》えねえ。ここんところの裄沢がやったことの結果だけを見りゃあ、生意気だとか、気に食わねえとかいうことになるんだろうなぁ。

思わず、得心《とくしん》してしまった。

「まあ、あんまり角《かど》を立てるようなことはしなさんな――ところで、これから昼を食いに行くとこだったんだろう？　厄落《やくお》としに奢《おご》ってやるから、付き合えや」

角を立てるも何も、自分はあの男とはこれまで関わりはなかったし、今後もこちらから関わろうという気はない。「いったいどうしろというのか」と思いながらも、裄沢はさっさと歩いていく室町の後を素直に追った。

彦内について裄沢は、「気に食わない奴を見掛けたからひとこと言っといてやろう」ぐらいのつもりで絡んできただけと軽く考えていた。しかしながら、面倒なことにどうやらそれだけでは済みそうにない展開が待っていた。

「出頭要請？」

裄沢は、御用部屋《ごようべや》の仕事仲間の一人である水城《みずき》から持ち掛けられた話を聞いて眉《まゆ》を寄せた。文机《ふづくえ》の前に座り補閲《ほえつ》していた書付《かきつけ》から目を上げたが、筆を手にしたままである。

裄沢に話をするため横で膝《ひざ》をついていた水城は、なぜかオタオタと弁解口調になった。

「いや、そのように仰々《ぎょうぎょう》しいことではなく、ただ『御用の合間《あいま》を見てお訪ね下されたく』というだけのことだから」

水城が裄沢に告げてきたのは、年寄同心の彦内が裄沢を年寄同心詰所に呼んでいるという話だった。

「それを、なぜ水城さんが？」

直接相手から言われるのではなく、自分と同じ仕事をしている者を経由しての要請とあらば当然の疑問である。

「いや、あの彦内どのというのは、俺の妻方の親戚でな。そなたも会ったようだからどのような人物かは判《わか》っておろう。俺はどうも苦手で——それはともかく、御番所内の廊下でバッタリ出くわして、そのときに言付《ことづ》けられただけよ」

「して、どのような用件で呼んでいると？」

「いや、それは、何か聞きたいことでもあるんだろ」

「そこまで確かめることもなく、ただ話を受けてきたと？」

淡々とした口調だが、問いの内容は責められていると言っていいものだ。水城は半ば開き直って返す。

「相手は年寄同心だ。その気になれば、お奉行にだって己の意見を直言《ちよくげん》できる立場にあるお人よ。そのお人が自分から言い出さずにおるものを、俺が問えると思うか」

水城には感情が読めない表情で見返してきた裄沢が、続けて問いを発した。

「このような話ではないかと、水城さんが思いつくことは」

この質問には思わず溜息《ためいき》が出た。できれば触れてほしくなかったのだ。

あの彦内の爺《じじ》いのことだから、裄沢が出向いていかなければ苦情は必ずこっちへ寄せられる。それは避けたいから裄沢にはぜひ顔を出しに行ってほしいのだけれど、向こうの訊《き》きたいことに思いを巡らせば、まず間違いなく裄沢が警戒しそうな内容だと推測できる。

すると、この先どういうことになるか見当がつかない。裄沢が行かないのも困るし、いつもの伝《でん》で彦内と角突《つの》つき合わせる騒ぎを起こして、それに自分が巻き込まれるのも勘弁願いたい。

水城としては、余計なことは何も知らぬまま、ただ託された言伝《ことづて》を述べて終わりにしたかったのだ。それも切実に！

しかし、黙ったままじっとこちらを見ている裄沢は、それでは解放してくれないだろう。最悪、聞き捨てて彦内のところへ足を向けないということもあり得る。

それで彦内から責められたなら、「何の御用がお有りなのかトンと判らなかったので」などとシレッと言いかねないのが、今自分の目の前にいる非常識男なのだ。

――そんなことになりゃあ、俺は確実に巻き込まれる。

彦内が機嫌を悪くしたときのものの言いようのねちっこさは、これまでの長年の付き合いで骨身に染《し》みていた。しかも、歳を取るごとに我慢が利かなくなり、誰に対しても機嫌の悪さを露骨《ろこつ》に面《おもて》に出すような振る舞いが増えている。

どのようなときに怒り出すのか判りやすくなってきたことだけが、唯一の救いと言うべきか。年長者たる自分の意見に逆らう者、年長者への十分な配慮を怠《おこた》る者、そういう存在を目にしたときが、彦内の爆発する引き鉄《がね》になるのだ。その際、相手の言い分のほうに理があるかどうかなどは全く配慮されることがない。

彦内との取り合わせを考えると、裄沢などは定めし「歩く火種《ひだね》」とでもいうべき存在と評せよう。だから水城は関わりたくない。

まあ、歩く傍若無人《ぼうじゃくぶじん》と年寄同心詰所の中で苔生《こけむ》した頑迷固陋《がんめいころう》、この二人が今までぶつかり合うことなく無事にすれ違ってきたのが不思議だったのだが。

無言のまま手許の書付に目を落とし仕事に戻ろうとする裄沢を見て、水城は再び溜息をつく。やむを得ず、自分の考えを口にすることにした。

「そなたと関わりがありそうな話で彦内どのからこのごろ訊かれたことがあるのは、例の小者《こもの》の頭格《かしらかく》が下の者を殺したって一件についてだ」

水城が話し始めると、裄沢はすぐに顔を上げた。水城はそのまま続ける。

「と言っても、関心がありそうなのは頭格の殺しそのものじゃあなくって、定町廻りの佐久間《さくま》さんがいっときその件で疑われてたとか、今は御番所へ顔も出さずに休んでるのはその件と関わりがあるんじゃないかとかいう、噂《うわさ》のほうさ」

「その噂について、俺に話を聞きたいと？」

問うたときにはすでに仕事へ意識を戻している。

それでも生半可《なまはんか》な答えをすれば辛辣《しんらつ》な反応が返ってくると知っている水城は、慎重に逃げ道を作った。

「そう言われたワケじゃあなくって、勝手に俺がそう思ってるってだけだぜ――

まあ、お前さんは小者の頭格が捕らえられたときに佐久間さんと一緒にその場にいたそうだから、話を聞くにゃあ都合がいいと思っただけかもしれないけどな」

裄沢は、ずっと手許の書付に視線を落としたまま「そうか」とのみ応ずる。

年寄同心詰所の仕事と直接関わりがあるとは言えなくとも、少なくとも公式には年寄同心自体に上への意見具申《ぐしん》が期待されているとなれば、全く相手にしないわけにはいかない、というのが水城ら「常識」を備えた普通の同心の考え方だ。

しかし裄沢の様子を見ているうちに、水城は抱えていた不安が増したような気がしてきた。

「おい、さっきも言ったけど、相手はお奉行にだって面と向かって意見を言える立場のお人だ。行って話をするにしたって、十分気をつけろよ」

裄沢は、眼下の文字を目で追いながら「判った」と口にする。

それでも水城がその場を動くことなく見続けていると、ようやく顔を上げた。

「伝言は聞いた。仕事の合間を見て、向かうようにしよう」

これで、水城としてやるべきことはやった。ホッとして退《ひ》き下がろうとする。

と、言い残したことがあるような気がして一瞬動きが止まった。

――あんまり待たせず、早めにな。

そう付け加えようとして、話を聞く前と何ら変わった様子なく書面に目を落としている裄沢を前に、なぜか言葉が出てこなかった。

二

このころの日本人の平均寿命は、およそ五十年ほどだとも、五十年に満たないとも推定されている。ただし乳幼児の死亡率が高かったため大幅に引き下げられている側面があることから、「まだ神のもの」と言われた七歳を超えるまで生き延びた者の残存寿命は大きく上がった。

幕府の役人には、八十や九十を超えて現役だった者の話がいくつも残されている。町方役人についても同様で、五十を超え六十近くなっても同心で在り続ける者は少なからず存在し、またそこまで現職で居続けなければ年寄同心やこれに準ずる役格まで至れるものではなかったと思われる。

ところで、町方役人が新規登用を認められ初出仕《はつしゅっし》するのは元服《げんぷく》前後の歳であり、出仕後は十代のうちに妻を娶《めと》る者も多かった。となれば、二十《はたち》歳そこそこで嫡男《ちゃくなん》とすべき長男のいる者がごく普通に存在した。

すると、親が五十で現役ならば嫡男は二十五歳前後、親が六十だと子は三十を過ぎている、という状況がごく当たり前に生じ得る。

与力で言えば南北五十人の定員に対し、その全員分として一万石の所領を与えられていた（与力の俸禄《ほうろく》は平均で二百石）が、定員の数も所領の石高も、この物語の前後の長い期間に亘《わた》って変更はされていない。俸禄の総枠も定員数も固定されている以上、父親が現役のまま子供が新規採用されたからとて、一人分の俸禄を新たにどこかから都合してくるような人件費の余裕はないのである。

いちおう知行取《ちぎょうと》り（俸禄として領地が与えられ、そこからの年貢が収入となる身分）として扱われる与力とは異なり、蔵米取《くらまいと》り（俸禄として直接米が与えられる身分）である同心のほうは所領から判断できない分やや判りづらいが、同じ職場の上役と下僚《かりょう》であることからしても、また「町方同心の標準的な俸禄は三十俵二人扶持《ににんぶち》」だったことからしても、俸給面での処遇は与力と同様だったに違いない。

ならば、父親が隠居の決意を固めるまで息子は出仕を控えていたのであろうか。元服前後に初出仕するのが町方役人を含む武家の通例だったとしても、例外はあるかもしれない。

しかし、さすがにこうした「待機期間」が元服から十年も十五年も続いたとするなら、気力を保てず腐ってしまうといった事態が頻繁《ひんぱん》に起こったのではと容易に想像できる。父親が隠居を決意するまで、二十や三十になった息子を家で遊ばせておくわけにもいくまい。

受け入れる側としても、そんな歳になってからようやくの初出仕では仕事に慣れるまでどれだけときが掛かるか、甚《はなは》だ危ぶまれることになったはずだ。

では、年寄同心など長年に亘り現役を続ける者の嫡男は、元服前後で初出仕してから長い間、かなりの「いい歳」になっても無足見習いのままで在り続けたのであろうか。

もしそうなら、自分が無足見習いで在り続ける間に、能力のいかんに関わらず周囲だけがどんどん役格を上げていくことになる。その後父が死ぬか隠居するかで晴れて本勤並になり、これまでの実績を加味して他よりも早く役格が上がっていったとしても、普通に父が隠居している周囲の同輩に追い着くまでには、相当のときが掛かることになりそうだ。

これでは、途中で腐って気力を萎《な》えさせてしまったとしても、当人のせいにはできないのではなかろうか。

ここからは筆者の勝手な推量になるが、「無足見習い」というのは父親の隠居が決まっているか現役のまま在籍し続けるかに関わらず一定の期間だけで、その後は人並みの勤めぶりであればごく当たり前に見習い、本勤並と順次役格が上がっていったのかもしれない。

では、人件費に余裕のない中、その間の父子《おやこ》二人の俸給はどう扱われたのか。父親が現役でいる限り、名目上の役格はともかく、無足見習い同様の「ただ働き」をずっとさせられていたとすれば、やはり仕事への意欲面で大きな問題が生ずることは必至であったろう。

ここで再び与力に目を戻すと、「その全員分として一万石の所領が与えられていた」と前段に書いたが、この全員分の俸禄とは別に『見習い分』として、多額とは言えないものの別途で予算が組まれてもいた。同心のほうはやはり資料からは読み取りづらいが、与力同様の予算は組まれていたものと考えられる。

しかしながら、たとえ見習いであっても父の退職後ならば一人前の俸給がなければ町方役人としての体裁《ていさい》は整えられないし、まずはその前にまともに暮らしていけないことになる。予算として別途計上された「見習い分」は、中途半端な――というより雀《すずめ》の涙に近い額でしかないのだ。

あるいはこの「見習い分」の予算は、対象者の実際の役格は別にして、当人の出仕後も父が一定の期間（初出仕の者が無足見習いを終える程度）を超えて現役を継続する者に対して、「一人分には満たなくともそれなりの手当は出す」という意図で設けられていたものかもしれない。そして父の隠居などで「重し」が取り払われたときには、一挙に役格と実績に見合った俸給に改訂されたのではなかろうか。

ここまで、通常よりも長い期間町方で在り続ける者や、かなり若いうちに嫡男をもうけた者を中心に考察してきたが、そうではない者、すなわち「出仕した嫡男がいちおう一本立ちしたと見なされる本勤並になったところで、四十代の半ばや後半に達した父親のほうは隠居する」といったあたりが町方役人の標準的な有りようだったとすれば、嫡男が一人分には全く足りない手当を報酬として受け取るのは、多くの場合、無足を終えた後の見習いの間のみとなる。

もしそうであるなら、父子ともに出仕している期間中、子へ俸給代わりに支給される少額の手当が『見習い分』と称されるのに、何ら不思議はないことになろう。

ちなみに、町方与力の俸禄が平均二百石だとか、町方同心のそれが標準で三十俵二人扶持だとか言うからには、個々に見ればある程度のバラつきがあったことが明らかであろう。この差違は家格や家柄によって生ずるものではなく、いずれの者でも無足見習いを終えて（父親の退職後に）本勤並に昇格すれば現代で言う「初任給」に当たる額が支給され、経験と実績を積んでいくごとに次第に俸禄が上がっていく仕組みとなっていたことが理由である。（そして俸給総額が予算枠――与力で言えば南北各々《おのおの》の町奉行所で五千石ずつ――にきちんと収まるように、全体調整がなされていた）

この点、「譜代席《ふだいせき》」（親子代々の身分の継承が公的に保証されている者）と呼ばれる通常の幕臣が、親から受け継いだ家禄を（大過《たいか》なく勤めを果たせば）そのまま子に受け継がせることができた（原則として勤続年数や勤めぶりに関わりなく、確定額たる家禄が保証されていた。その代わりに、抜擢《ばってき》を受けて大出世するとか長年の精勤を認められるなどしない限り、一生涯家禄が増えることはない）のとは、大きな違いがあると言える。

これも、町方役人が「抱《かか》え席《せき》」と呼ばれる身分で、形式上は一代限りの奉公であり、子の奉行所への出仕は新規登用の形を取ったことと深く関わっているものと考えてよかろう。

隠居相応の歳になっても年寄やそれに準ずる役格になって奉行所に居残ろうと希望するのは、その後の「余生を送るだけ」の暮らしを忌避《きひ》し、それまでの仕事中心の生き方――というより、それに紐付《ひもづ》く権威や立場――にしがみつきたいという欲求からの者が多かろうが、自身の家の経済事情から仕事を手放したくないという理由も少なからずあったかもしれない。

自分が隠居して奉行所に出仕するのが息子だけになれば、息子は一人前の俸給を受けられるようにはなるが、その額は息子自身の職歴や実績に相応する額に留まる。己が長年の勤続により得てきた額よりは、少なからず下がるのである。さらには、父子二人の出仕により支給されてきた「見習い分」の手当も止まる。

一方で、隠居をしても自分らの暮らしに要する金はこれまでと同様に掛かっていくのだ。

父子二人での出仕が長くなれば、その分だけ「父親分と見習い分の合算額」を前提とした暮らしが当たり前になる。己が仕事を退くことで今後の収入が大きく減るとなれば、己の年齢に応じて周囲からの圧力が強まっても隠居を口にするには躊躇《ためら》いが生じておかしくはない。

さらには、己の本来の仕事場よりも居心地がいい年寄同心詰所には、己と考えや境遇を同じくする同年配の者らが集まっている。そこに集《つど》う者らが連携を強め、場合によっては裏切り（仲間の都合を考えない自分勝手な隠居）を抑止するような雰囲気《ふんいき》が生じたとしても何ら不思議なことはあるまい。

そうしてこうした者らは、周囲からの「邪魔だ」「もう要らないのではないか」といった無言の圧力に抗《こう》すべく、己らの権威を高め存在意義を明らかにできる行動を求めて、さらに周囲から眉を顰《ひそ》められるような手や口の出し方をするようになっていくこともごく自然にあり得た。

このころの北町奉行所の年寄同心詰所とそこに屯《たむろ》する者らは、こうした精神状態を自ら生みだし、無意識のままに醸成《じようせい》していくような状況を作り出していたのだった。

ここで話は本題から逸《そ》れるが、前々作に登場した来合轟次郎《らいごうごうじろう》の妻、美也《みや》の実兄である坂木六郎太《さかぎろくろうた》が妻子を持つほどの歳になっても無足見習いの与力であったことは、ここまで述べてきた本作の設定と矛盾《むじゆん》しているようにも見える。

しかし六郎太の場合は、とある事情から通常の町方与力が町奉行所へ出仕するのとは違った経験を積んできた、かなり異例な存在だった。

六郎太はその才幹《さいかん》を南町奉行所から見込まれ、将来的には経理財務の専門的な管理職とすべく、勘定奉行《かんじょうぶぎょう》合意の上で勘定所で経験を積まされていたのだ。勘定所でも重用《ちょうよう》されて「このままいけば地方の御支配所《ごしはいしょ》（幕府直轄領）の代官も」とまで期待されていたのを、父親である勘之丞《かんのじょう》の引退間近ということで本来の勤め先であるべき町奉行所に呼び返されていたのである。

無足の見習いという最下位の役格から始めたのは勘之丞や六郎太自身の意向を尊重したからであり、勘之丞の隠居が認められた後は、南町奉行所の仕事や職場に慣れるための残りわずかな期間だけ見習い身分を続け、すぐに本勤並（下位の役格では同心と名称が一致）に引き上げられたのだった。

三

書き上げた書面を確認のため一読し、裄沢はふうと息を吐いた。今朝から取り掛かっていた面倒な案件が、これでようやく片付いた。

近くの席から同輩の水城がときおりチラチラとこちらを覗《うかが》う視線は感じていた

ものの、ずっと無視して仕事に没頭していたのだった。

ようやく腰を上げた裄沢を見て、水城が何やら安堵《あんど》した様子であったが、それにも気づかぬふりをして席を立つ。

なおしばらくは求められた年寄同心詰所には向かわず、何人かと話をしてからようやく足を向けた。

午に顔を合わせた彦内老人は年寄同心下陣のほうから外へ出たようだが、玄関脇の廊下を道なりに辿《たど》っていけば、わざわざ外へ出ずともそのまま年寄同心詰所まで行ける。

「御免《ごめん》。用部屋手附同心の裄沢と申します。こちらの彦内どのが御用と聞き及び、参上致しました」

部屋の外から襖《ふすま》越しに呼びかけると、内より「入れ」との応答があった。

「失礼致します」

襖を開けて中を見やれば、広い部屋に数人の者が座していた。いずれもかなりの年配者で、全員が本日当番を務める年寄同心たちかと思われた。あるいは、お役で定められた本来の仕事場ではすることがなく、こちらで油を売っているだけという者も混じっているかもしれないが。

部屋にいた皆の目が裄沢のほうへ向けられている。しかし、何か仕事をしているように見える者は一人もいなかった。

「ずいぶんと遅かったの」

一番奥でこちら向きに座している男が、睨むような目で裄沢を見ながら話し掛けてきた。午に出くわし、水城を通じてこちらを呼びつけてきた彦内である。

裄沢は表情を変えることなく応じる。

「それは申し訳ございませぬ。仕事の合間を見て訪ねるようにとの言伝でしたので、やっていたことに区切りをつけてから参ったのですが。もしや、伝言が間違っておりましたでしょうか」

彦内はわずかに顔を顰《しか》めた。

――呼ばれたらすぐに飛んでくるのが当たり前であろう、この若造が！

心の中で罵声《ばせい》を浴びせつつ、難しい顔をしたまま言ってやる。

「ほう。年寄同心が呼んでおるのに、はずせぬほどの大事な用事であったか。なれば仕方がないが？」

どのような仕事だったのだ？　と中身を聞いて考えの浅さを貶《けな》してやろうとしたのだが、裄沢なる若造は彦内の問いを無視してものを言ってきた。

「申し訳なきことながら、用向きの中身を聞いてはおりませんでしたのでさほどの大事とは思ってもおりませんでした。して、お急ぎの大事なる御用とはいかなることにございましょうや」

重大で急ぎだというならそう判るように用件を伝えてこいと言わんばかりのもの言いであり、もしそうなら余計なことにこだわらずすぐに本題に入れと、こちらの揚《あ》げ足《あし》を取ってきた。

——この、どこまでも生意気な奴め！　かような小僧は、この年寄同心たる彦内がグウの音《ね》も出ぬほどに懲《こ》らしめてやらねばなるまい。

決意を新たにし、怒りの湧き上がる心を宥《なだ》めつつ考えを纏めた。

「そなたは偶然にも、人殺しをした小者の頭格を御番所が捕らえた場におったそうじゃの」

裄沢は返答せずに相手の目を見やる。

これから己がやろうとすることへの期待でか、彦内は裄沢の無礼を咎《とが》めることなく勝手に話を進めた。

「その折の話を聞かせてもらおうかの」

「なぜにございましょうや」

裄沢は、動揺する素振《そぶ》りも疑問を顔に浮かべる様子もなく淡々と問うた。その脇から何人かの声が上がる。

「黙って訊かれたことに答えればよいものを、生意気な」

「いったい誰に口を利いておるつもりか」

「年寄同心の仕事を誹《そし》るような振る舞いには、厳罰をもってあたるべきかの」

それぞれ独りごちているような言い方ながら、裄沢に聞かせようとしているのは明らかだ。

彦内は余裕をもって裄沢の問いに応じた。

「年寄同心は長年の功績をもって、お奉行様や与力の方々ご一同に一目《いちもく》置かれる存在であるからして、それぞれが『これは』と思ったときには、この奉行所内であればたとえ誰が相手であろうとも、差し控えることなく己《おの》が意見を申し上げるという役目を任じられておる。その意見具申の判断をするに詳しい話を聞く必要があると思うたからには、そなたから話を聞かねばならぬし、またそなたには話す義務があるということよ」

「さような理由でしたら、お聞きになる相手がそれがしというのはどうかと存じますが。彦内どのがおっしゃるように偶然その場にいた者よりも、まずは現場で采配《さいはい》を振った内与力《うちよりき》の深元《ふかもと》様にお尋ねあるべきかと愚考《ぐこう》致します」

　彦内は裄沢の考えをバッサリと切り捨てる。

「まさに愚《おろ》かな考えじゃの。深元様は、場合によりこちらから意見を申し上げねばならぬ相手。その相手にものを問うのに、どのような事情であったのかまずしっかりと確かめておかねば、必要になったときが来てもまともな話をすることなどできまいて」

「なれば、その場には臨時廻り同心の柊《ひいらぎ》さんも立ち会っておられました。少なくともそれがしより、お役の上の勤めとして立ち会われた柊さんのほうが適任にございましょう」

「ほう、そなたは役儀でその場にいたわけではないと。赤坂《あかさか》のほうの寺でのことだったと聞くが、役儀でないとすれば、なぜそなたはそのようなところへ？」

「それがしの上役たる深元様より同道を命じられたからにございます。なぜ同道させられたかは、それがしはきちんとした説明を受けておりませんので、やはり深元様にお尋ねいただきたく」

　深元とともに行くことになったのは、彦内が俎上《そじょう》に上げた一件にも関わる調べを深元から命ぜられていたからだが、それは自明のことなので「一緒に来い」と言われたときにはっきりとした理由までは告げられていない。つまり、「きちんとした説明を受けていない」というのは嘘《うそ》ではなかった。

「そなたは理由を尋ねることもせずに、ただついて行ったと？」

「ここへ参るに際しても、どのようなご用かは伺《うかが》っておりませなんだが」

あえて用件を告げずに裄沢を呼びつけたのが彦内自身であるから、そう返されてしまうと追い討ちを掛けることもできない。

裄沢の態度に彦内は苛立《いらだ》ちを露《あら》わにする。

「裄沢。そなた、言《げん》を左右にしてきちんと説明せぬのは、何か疚《やま》しいところがあるからではないか」

「それがしは、話を聞く相手としてそれがしよりも適切な者がいると申し上げているだけにございます」

「フン。その言、信用できるかの」

「どういう意味にござりましょうか」

「そなたは、我らに探られては具合の悪いことがあるゆえ、口を開かぬのではないかと言っておる」

「いっこうに憶えはござりませぬが、果たしてそれがしにどのような疑いが掛けられておるのでしょうか」

彦内はこの問いに答えることなく、己の要求を再度口にする。

「さようなことをそなたが知る要はない。さあ、儂は年寄同心としての役儀でそなたに問うておる。しっかりと答えぬか」

裄沢は口を閉ざしたまま彦内を見返した。

相手の態度などお構いなしに彦内が続ける。

「ああ、それとな、半年ほど前に吟味方《ぎんみかた》与力の瀬尾《せお》様が御番所をお辞めになった件、この二、三カ月ほどの間に古藤《ことう》様、倉島《くらしま》様と内与力が二人も立て続けに更迭《こうてつ》されてお奉行のお屋敷《ところ》へ戻された件の、いずれにもそなたが関わっていると聞いておる。

ついでじゃ、それらについても話をしてもらおうか――まずは最初に起こった瀬尾様のことからかの。さあ、隠すところなく全て有り体《てい》に申してみよ」

彦内は、傲然《ごうぜん》と胸を張って裄沢に迫った。

年寄同心詰所に駐在《ちゆうざい》している面々は定型的な仕事は免除されていて、各部署や町家から持ち込まれる難しい相談ごとへの対応や、町奉行所の有りようとして疑義ある点について意見を具申することのほうが主要な仕事とされている。

当人たちも、ご意見番としての矜持《きょうじ》を高く持ち、また周囲からも普通の同心とは違った存在であると認識されていた。

反面、陰では煩型《うるさがた》だと煙《けむ》たがられ、また当人たちも厳正中立な立場を堅持《けんじ》するためみだりに他部署と馴れ合うことをよしとしない気風があった。言い換えれば周囲からは孤立し、まともな噂も入ってこないような状況に置かれていたのである。

そこに聞こえてきたのが、吟味方与力の瀬尾、内与力の古藤と倉島と、三人立て続けの与力の更迭であった。しかも、そのいずれにも同じ一人の同心が関わっているという。

北町奉行所全体が震撼《しんかん》するほどの騒ぎであったから、いくら年寄同心詰所が孤立しているといっても噂が全く入ってこないということはなかったが、やはり正確な情報が十分にもたらされはしなかった。さらに、在籍者の年齢が御番所の中でも最も高い者らで構成されていることから、その考え方が守旧的《しゅきゅうてき》なものになってしまうのも致し方のないことであったろう。

結果、これら三件の与力更迭について、年寄同心詰所では偏《かたよ》った認識が生じていたのである。

――裄沢は吟味方与力の瀬尾を糾弾《きゅうだん》し奉行所から立ち退かせたのに味を占《し》め、古藤、倉島と己の上役にあたる内与力二人も目障《めざわ》りと考え御番所より追い払わんとした。これが成功したことでますます図に乗り、こたびは臨時の定町廻りのお役に就いたときにぶつかった同役の佐久間まで排除せんと画策したのではないか。

――裄沢は怪我をした定町廻りの代役としてごく短期間のみ廻り方のお役に就いたが、全町方同心の目指すお役である廻り方に正式に就任せんと目論《もくろ》んだのではないか。そのため埋まっている席を一つ空けんと、こたびは佐久間の追い落としを為《な》し遂《と》げたものの、己が後釜《あとがま》に座ることには失敗した、というのがことの経緯《いきさつ》ではなかったか。

彦内らはそうした疑いを裄沢に対して持ったのだった。

裄沢についての風聞が、上役を上役とも思わぬ不遜《ふそん》な男だというものであったことも、過去から連綿《れんめん》と受け継がれてきた仕来《しきた》りや規律を重んじる年寄同心たちの心証《しんしょう》を悪くした。

――異常である。御番所が、こんな状態であってよいはずがない。

それを、自分らが正す。

——一介の同心の身でありながら増長した上、御番所全体を混乱に陥《おちい》らせるような諸悪の根源を我らは放置しておかない。必ずやその責任を厳しく追及し、お奉行や筆頭与力、内与力らへ強硬に意見を述べて現状を変えさせる。

そしてその暁《あかつき》には、孤立し周囲から距離を置かれている年寄同心詰所の今の有りようを、本来あるべき皆から尊敬される立場へと復権させる。

裄沢はこうした思惑で、年寄同心詰所という断罪の場に出頭を求められたのだった。

四

裄沢は、表情一つ変えることなく彦内へものを言う。

「なるほど、それがしに疑いをお持ちということはよく判りました。その疑いが正しいか誤っているかを判断するためには、それぞれの詳細を知る必要があるというのも、おっしゃるとおりにございましょう」

「なれば——」

「しかしその前に、明らかにしてもらわねばならぬことが、それがしにはございます」

「なんと？」

訝《いぶか》る顔になった彦内へ、裄沢は淡々と続ける。

「瀬尾様のこと、古藤様、倉島様のこと、そしてこたびの佐久間どのも関わった一件についても、それがしはお奉行様や内与力の方々より口外せぬことを期待されていると認識しております。それよりも年寄同心の皆様の役儀を上に置いてよいか、お話をする前にお奉行様や内与力の方々に確かめる要がございます」

「そなた、この彦内が越権《えっけん》を致しておると申すか」

彦内が怒りを見せても裄沢の態度は変わらなかった。

「越権になるのかどうかは存じませぬ。それがしは、彦内どののお求めに対し正しい振る舞いをするために、確認をさせていただきたいと申し上げているだけ。なんとなれば、お奉行様や内与力の方々のご意向より年寄同心詰所の役儀が優先するとは、これまでの町方役人としてのお勤めの中でどなたからも一度も聞いたことがございませぬゆえ」

「そなた……」

「確認は容易にできましょう。今なれば内与力のいずれかお一人は御用部屋にいらっしゃるはずですので――お急ぎとのお話なれば、ときが惜しゅうございましょう。ご同道をお願いできましょうや」

「……内与力のお方に説明するにもときが掛かろう」

嵩《かさ》に懸《か》かって責め立てていたつもりが、お奉行のご意向と年寄同心の役儀との優先順位を問われてとたんに腰が引けた。

が、裄沢は退き下がらない。

「なに、こちらに呼ばれていることまではご存じゆえ、さほどのときは要しますまい」

「そなた、ここに来ることを告げ口したのか」

思わず出た言葉に、裄沢は眉を寄せる。

「今、告げ口とおっしゃいましたか？――それは、ずいぶんと不可解なお言葉にござりますな。彦内どのが仰《おお》せのとおり、仕事として呼ばれ己の仕事を中断して席をはずすからには、上役に了解を求めるのは当然のことと存じますが」

「……………」

彦内は、思い掛けない反論に閉口した。

「年寄同心としての役儀」――それは至高のものだとの矜持があった。だからこそ、裄沢なる若造風情《ふぜい》がいくら弁舌に長《た》けていても、この言葉一つで吹き飛ばせると信じて疑わなかった。

ところが、その役儀とお奉行のご意向との軽重《けいちょう》を問われてみれば、当たり前のことだが町奉行所の同心である己の役儀が奉行所の長たるお奉行の権限を上回るなどあり得ないことを目《ま》の当たりにさせられてしまった。

裄沢のことをどうこう問う前に、図に乗っていたのはお前のほうではないかと突きつけられたのだ。

「さあ、参りましょうか」

裄沢が腰を浮かせる。

「いや、待て」

彦内は慌《あわ》てて止めた。

「何か逡巡《しゅんじゅん》するような理由がおありでしょうか。彦内どのも役儀、それがしも役儀なれば、どちらを優先すべきかの判断を上役に仰ぐのは至極当然のことでございましょう」

「……いや、少々こちらに勘違いがあったようじゃ。その要はあるまい。わざわざ呼び立てたが、もはや話を聞くまでもなかろう」

そう、矛《ほこ》を納めようとした。が、後進であるたいていの同心たちとは違い、裄沢は退き下がろうとはしなかった。これも不幸なことに、糾弾しようとした相手は彦内の常識からはずれていたのである。

「勘違いにございますか。いや、それでもご同道はしていただかねばならぬでしような」

「もはやよいと申しておるのに、どうしてそこまでしつこく求める」

「それがしが彦内様にお話しできぬのは、お奉行様や内与力の方々から口外せぬことを期待されていると認識しておるゆえ、と申し上げました。果たしてそれがしのこうした認識が真《まこと》に正しいのかどうか、彦内様が役儀でお求めになられた以上、それを確かめぬままで終えるのは、大事な役儀を疎《おろそ》かにすることになりましょう。

そして確かめた結果、それがしの認識のほうが間違っていたことが明らかになった際には、もちろん余計なお手間を取らせたことを深くお詫びせねばなりませんが、それだけではなく、彦内様の役儀に従いお尋ねの諸々《もろもろ》について詳しくお話しせねばなりませぬゆえ——年寄同心としての役儀をきちんと果たすためにございます。さあ、参りましょうぞ」

「……………」

このように言うからには、裄沢が口にした己の「認識」には十分な自信があるのだろう。こちらの推測とは全く違っていたらしい現実に、今さらながら事前に詳しく調べなかったことへの後悔の念が湧き上がる。

内与力の下へ出向いてしまえば、たとえ裄沢の「認識」が間違っていたとしても、話の流れによっては自分がお奉行と年寄同心の役儀の軽重を違《たが》えていたことが内与力の面前で明らかにされてしまいかねない——というか、目の前のこの男なら、まず間違いなくそういう方向へもっていくであろう。

自分が翳《かざ》した「年寄同心としての役儀」を質《しち》に取られ、進退窮《きわ》まってしまった。彦内には、これよりどうすればいいのか判らなくなった。

見かねた同輩が口を挟《はさ》んできてくれた。

「裄沢どの。彦内どのには、少々心得違《こころえちが》いがあったようじゃ。そのあたりで勘弁してはもらえぬかの」

が、裄沢はそちらへも噛みついていく。

「勘弁とは？　今それがしが彦内どのとしておったのは、大事な役儀のお話。それを心得違いとは、ずいぶんと重大な認識違いが生じているやに聞こえまするが」

「いや、それは……」

とことここに至って、彦内は自分が頭を下げねば収束はしないとようやく肚《はら》を決めた。

「いや、役儀に託《かこつ》けてそなたを呼び出したのは、儂の過ちであった、申し訳ない――ということで、ここまでにしてくれぬか」

軽くではあるが、彦内が頭を下げる様子を裄沢はじっと見た。そしておもむろに言葉を発する。

「誰にでも間違いはあるもの。とはいえ、任されたお役の中で最も大事な役儀を取り違えるなど決してあってはならぬこと。ようお考えいただければ幸甚《こうじん》にござる」

御番所の大先達が頭を下げているにもかかわらずのこのもの言いに、周囲の年寄同心たちも色めき立つ。

その気配は十分察しているであろうに、裄沢は平然と周囲を見回して言い放った。

「その大事な役儀の取り違えが起こっておるにもかかわらず、周囲の方々が諫《いさ》めることもできぬとあらば、何がご意見番にござりましょうや。僭越《せんえつ》ながら、こたびのことは、彦内どのお一人の問題ではないと存じますぞ」

そこまで言い切って、裄沢は厳しい顔のまま周囲を見回す。

言葉を返す者がいないのを見定めて、「では失礼」と一礼すると、さっさと年寄同心詰所を出ていった。

後には、誰もひと言すら発しない沈黙が広がるばかりであった。

同じ日の仕事終わりも近くなったころ。

午をだいぶ過ぎてから起こった小さな騒動も、ときが経っていくらか皆が落ち着いてきた中、年寄同心詰所の入り口の襖が断りもなく開けられた。

──大先達ばかりのこの部屋に、無礼を働くは誰ぞ。

いまだ完全には気の静まっていない年寄同心の面々が入り口へ鋭い目を向ける。

「！　……」

そこに立っている人物を見て、叱《しか》りつけるどころか皆が絶句してしまった。

──内与力の、唐家《からや》様……。

一刻（約二時間）ほど前に小さいながらも皆を痛めつける嵐を巻き起こして去っていった用部屋手附同心の、直属の上役にあたると同時に、お奉行に最も親《ちか》しい側近と呼べる人物である。

「この部屋の有りようも、少し考え直さねばならぬやもしれぬな」

じっと中を見渡した唐家は、ぽつりとひと言呟《つぶや》いて去っていった。

唐家の姿が消えると、在籍する皆の目が彦内に注がれる。彦内は、身動き一つできずにただ固まっていた。

己の勇《いさ》み足《あし》が招いたこととはいえ、裄沢なる若造に完膚《かんぷ》なきまでに叩きのめされたことへずっと燻《くすぶ》り続けていた憤《いきどお》りが、一気に冷めた。

──たとえ皆に煩型と怖れられる年寄同心であっても、決して触れてはならぬ男がいる。

彦内は、このときようやくそれを悟ったのだった。

第二話　冬の縁談

一

そのとき裄沢は、罪人を小伝馬町《こでんまちょう》の牢屋敷へ収監《しゅうかん》する際に必要となる入牢証文《じゅろうしょうもん》を吟味方に届け、自身の仕事場へ戻るところであった。

吟味方が取り調べに使う詮議所《せんぎしょ》が並んでいる前を通り過ぎ、例繰方《れいくりかた》の詰所《つめしょ》に差し掛かったところで二人の同心が立ち話をしている。

その二人が例繰方同心なら仕事上浅からぬ付き合いがあるので挨拶《あいさつ》ぐらいはするのだが、どうやら用事があってやってきた先でバッタリ出くわしたのをいいことに、無駄話に興《きょう》じている他のお役の者らのようだ。

二人のうち裄沢が歩いてくるほうへ体を向けていた者がちらりとこちらに目を向けてきたが、そのまま何ごともなかったように立ち話の相手へ視線を向け直しただけで済ませた。なので、裄沢も知らぬふりをして脇を素通りする。

ただそれだけのことだったのだが、通り過ぎんとしたときに話の断片が耳に入ってきた。

「へえ、あの小町娘《こまちむすめ》がねえ」

聞こえてきたのはそのひと言だけだったにせよ、裄沢の注意を引くにはそれだけで十分だった。

声を上げたのは裄沢に背を向けていたほうで、言いように下衆《げす》な関心がありありと表れていた。ひと言だけ声が大きくなったのは、それだけ感情が溢《あふ》れたからだろうが、裄沢が接近してくるのに気づいていなかったのかもしれない。

向かい合わせで話をしていたほうは、声を抑えろと相手の袖《そで》を引いていた。

裄沢は真《ま》っ直《す》ぐ前へ目を向けたまま、足取りも変えることなくその場を行き過ぎる。こちら向きの男には改めて顔を覗《のぞ》き見られたかもしれないが、裄沢はいささかも表情を変えてはいなかった。

通り過ぎた背後が静かなのは、立ち話をする二人が声を潜《ひそ》めたからかもしれないが、口を閉ざしてこちらの背中を見ている視線が感じられる気もする。

――小町娘。

それだけで、誰のことか断定することはできない。しかし、裄沢には思い当たる人物がいた。

関谷茜《せきやあかね》。

裄沢の組屋敷の隣に住まう、同じ北町奉行所同心の娘だ。その茜が、外出先でばったり裄沢と出くわした直後に拐《かどわ》かしに遭《あ》った。

幸い裄沢の機転ですぐに救《たす》け出すことができたのだが、世間はそう見ないかもしれない。だからなるべく周囲に気づかれないよう、気を配りつつその後の始末を進めたつもりだった。

それでも町方役人の娘が拐かされるという重大事を、何もなかったことにしてただ蓋《ふた》をして終わらせるわけにはいかない。咎人《とがにん》究明の極秘の探索の中で、どこかで漏《も》れが生じたのかもしれなかった。

——どうすべきか。

足取りを変えることなく黙考する。

茜の拐かしを指図した男はその後仲間に殺されたと目《もく》され、どのようなつもりであったかを聞き出すことはもう叶《かな》わないが、その男に直接茜との関わりがあったとは思えない。死んだ男は裄沢を取り込もうとして拒絶された人物であり、拐かした者どもから裄沢に接触があったことからも、真の狙いは裄沢への意趣返《いしゅがえ》しだと思われた。

　つまりは、他人がどう言おうと、裄沢には茜が拐かされたことについて少なからぬ負い目があるのだ。心情的には「何ごともなく無事に救い出せたのだからもう責任は果たした」とは決してならない、チリチリとした焦燥《しょうそう》を覚えている。

　さらに言えば、裄沢には茜に対し、ただ「隣の屋敷に住まう娘」という以上の感情があった。

　茜は、ようやく物心ついたかどうかというほどの幼いころに、突然一人で見ず知らずのはずの裄沢の前に現れ、なぜかそのまま懐《なつ》いてきた不思議な子であった。当時から人嫌いで通っていた裄沢が、その後もまるで親の目を盗むようにしてやってくる茜に接するときだけは、なぜか子供好きで世話焼きな者のように、飽きることなく相手をしていた。

　生まれて一年も経たずに実の娘を亡くした裄沢は、己の娘が生きていればほぼ同い年になる茜を、どこか我が子を見るような目で見ていたのであろう。

　その後、茜が成長するにつれ触れ合う機会は減っていったが、家の前でバッタリ出くわしたようなときに親しく話をする、といった関わりは続いていた。裄沢の茜に対する想いも、変わらぬまま今日に至っている。

そんな娘が、好奇と悪意の目に晒《さら》されているであろう状況を、黙って見過ごすわけにはいかなかった。

裄沢は、足を進めたままあえて深く息を吐き出す。とにかく、まずは己の懸念《けねん》が当たっているかどうかを確かめるのが先だと、気を落ち着けた。

自身の執務場所である御用部屋へ戻るべく玄関前に至った裄沢は、そこで行く先を変えて玄関脇の式台から奉行所本体の建物の外へと出た。そのまま、表門のほうへ足を向ける。

裄沢が向かった先は、門に連《つら》なる長屋塀《ながやべい》（敷地の境界線側の外壁を、塀と一体化させた建物）に設けられた同心詰所だった。中を覗き込むと、臨時廻りの柊壮《そう》太郎《たろう》が一人だけで待機番をしていた。

「おう、裄沢さんか。どうしたい」

裄沢は、詰所の中を目だけでざっと見回しながら問う。

「今日の待機はお一人ですか」

「ああ、もう一人はちょいと席をはずしてるとこだ」

詰所の中には他の外役《そとやく》（外勤）の同心の姿もわずかに見られたが、いずれも自分たちからは離れている。そこで、裄沢は柊に近づき小声で用件を告げた。

「お勤めの後、室町さんに少しお付き合いを願いたいと言付《ことづ》けしてもらえますか」

柊は応諾《おうだく》しながらも、仕事の途中に抜け出してきた裄沢の様子に案じ顔になる。

「また何かあったのかい」

「いえ、大したことではないのですが」

それでも憂《うれ》い顔《がお》のままの柊に、やむを得ず言葉を足した。

「鷲巣屋《わしずや》の一件の前にあったことについて、ちょっと」

鷲巣屋の一件とは、主《あるじ》や番頭らが殺されて奉公人たちの多くがいっせいに姿を消した騒動である。この鷲巣屋の主こそ、茜の拐かしを指図したと見られる男だった。

「何か、咎人の手掛かりでも?」

「いえ、そっちの話ではありません」

じっと裄沢の顔を見ていた柊は、それでおおよその見当をつけたようだった。

「判った。今日の夕刻だな」

「お手数掛けますが、よろしくお願いします」

それだけ述べて頭を下げると、裄沢は御用部屋へ戻るべくその場を後にした。


その日の夕刻。己の勤め先である北町奉行所を出て帰途《きと》に就《つ》いた裄沢は、組屋敷のある八丁堀《はっちょうぼり》には向かわず、わずかに北へと足を向けた。

呉服橋御門内《ごふくばしごもんない》に建つ北町奉行所からお濠《ほり》を渡ってすぐ北側に架かる一石橋《いちこくばし》の袂《たもと》には、裄沢が一年ほど前から行きつけにしている蕎麦屋《そばや》兼業の一杯飲み屋がある。裄沢は、真っ直ぐその見世《みせ》へ向かい縄暖簾《なわのれん》を潜《くぐ》ったのだった。

「親父、二階に上がるぞ」

半ば程度埋まった客の向こうの板場へ、裄沢は酔客《すいきやく》の喧噪《けんそう》に負けぬように声を放った。

「もう先に上がってらっしゃいますよ」

板場との境から顔だけ出した見世の主が、新たな客の人物を確かめて返事をする。

裄沢が礼を口にしたときには、親父は板場に引っ込んだ後だった。気にせず、己も二階の階段へと足を向けることにした。

二階は四畳半ほどの小部屋が二つ。奥はおそらく見世の親父の寝所《しんじょ》で、手前側は普段居間に使っているところだろう。

めったに客は上げないが、町奉行所のそばということで馴染《なじ》みの町方が内密な話をするときだけ居間のほうを空けてくれるのだった。

裄沢は、開け放たれたままの座敷に「遅れて済みません」と声を掛けながら踏み込もうとし、中を見てその場に固まった。

昼に柊に頼んだ伝言は、柊と同じ臨時廻りを勤める室町へ、今夕もし暇があればこの飲み屋へ来てほしいというものだった。

ところが実際足を向けてみれば、室町ばかりでなく柊に、定町廻りの西田小文《にしだこぶん》吾《ご》まで顔を揃《そろ》えていたのだ。

「これは……皆さんお揃いで」

驚きのあまり、少々間抜けな挨拶になった。

柊が、自分らも顔を出した理由《わけ》を教えてくれる。

「お前さんからのご指名は室町さんだけだったけどよ、鷲巣屋の騒動の前のことって言やあ関谷さんの娘のこったろ。なら、あの拐かしの探索に当たった者《もん》として、知らん顔をしてるワケにゃあいかねえ。そいで、お前さんにゃあ断りなしだったけど、室町さんに了承を得て押し掛けたって次第《しでえ》なのさ――ああ、こっちの西田さんは、おいらに引っ付いてきたオマケだけどな」

「市中巡回から帰って打ち合わせしてるときから、二人でナンかコソコソしてたら気になって当然でしょう。で、それがおいらも関わった探索の話となりゃあ、仲間はずれになってるワケにゃあいかねえからな。

まあ、皆さんの話の邪魔にはならねえように大人しくしてるんで、気にしねえで置いといてくれるとありがてえ」

柊の話に、西田がそう付け加える。

「室町さんに相談しようとした中身は皆さんお察しのとおりですが、ちょっと気掛かりが出てきたというだけで、すでに大事に至っているというわけではありません。かほどにお気遣いいただいたのは申し訳ないばかりでして」

「まあ、乗りかかった船ってえか、お前さんの懸念が当たってたならその大因《おおもと》にゃあおいらたちも間違いなく関わってるこった。

せっかくこうやって雁首《がんくび》揃えちまってるんだ、遠慮しねえで何ごとでも言ってくんねえ」

確かに、せっかく集まってもらったものをお引き取り願う理由もない。裄沢は、本日例繰方詰所前の廊下で耳にしたことを皆に告げた。

「ただそれだけのことで、茜――関谷どのの娘御《むすめご》のことかどうかの確かめもできてはおりません。それで、まずは室町さんだけに今後どうすべきか相談しようかと考えたのですが」

裄沢の話を聞いて、室町が溜息をついた。

「まあ、そんだけの片言隻語《へんげんせきご》じゃあ確実だとまでは言えねえだろうけど、今このときに陰で盛り上がって話されてるとすりゃあ、まずは関谷さんの娘さんのこって間違いねえだろうな」

室町の感想に、西田が疑問を述べる。

「しかし、鷲巣屋へ探りを入れるにあたってはずいぶんと気を配ったつもりでしたが、いったいどこからそのような話が……」

「こういう話ゃあ、気ぃつけててもどっからか漏れちまうんだよなぁ」

「関谷どのの娘御を連れ戻したとき、屋敷は外からでも判るほどの騒ぎになっておりましたし、奉行所で屋敷からの使いを受けた関谷どのは、早引けをするために上役の方に事情を話されておったようですから、必ずしも探索の筋から漏れたわけではないのかもしれません」

室町の慨嘆《がいたん》に続けて、裄沢は探索へ尽力してくれた者らの肩を持つ発言をする。

これに対し、柊が自分らの限界を口にした。

「たしかに探索にゃあできるだけ気配りしたつもりだけど、そいでもやれることには限度があるからなぁ――西田さんよ、お前さんだって、北町《おれら》から剣突《けんつく》喰らわされた鷲巣屋が代わりに頼ってくのを見越して、南町《みなみ》へ断り入れてたろう」

西田らからさんざんに揺さぶりを掛けられ冷たくあしらわれた鷲巣屋は、ならばと南町の出入りの同心に相談を持ち掛けようとしたのだが、「町方役人の家族に手を出した疑いがあるからには手助けできねえ」と断られていた。これは、西田がそうなることを見越してあらかじめ南町の同心へ簡単な事情を告げていたからである。

「南町へ話を通したっつっても、詳しいとこまで明かしちゃいなかったし、それなりに先方にも口止めはしてたつもりだったんですけどね」

西田がぼやく。

「まあ、向こうさんだって日本橋界隈《にほんばしかいわい》を預かる廻り方だぁな。その気んなりゃあ、お前さんが暈《ぼか》したことぐれえ、すぐに察しはつけんだろうさ」

そう応じた柊は、視線を裄沢へ移してさらに続ける。

「それに鷲巣屋の商いの裏にゃあ、裄沢さんが見通したように海賊の企《たくら》みがあったと思われる。確かな証《あかし》まで出たわけじゃねえから正式な報告はなされちゃいねえが、お奉行だって口頭で老中《うえ》に上げるぐらいはしていなさるだろうさ。

となりゃあ、無論のこと南町《むこう》のお奉行だってその話はお聞きになってるはずだ。海賊の件が今後どう転ぶか判らねえとなりゃあ、南町のお奉行から配下のうち主《おも》だったところにゃあ知らせてるだろうからよ、そっちの筋《すじ》から漏れてたって少しもおかしかねえしな」

柊の話を受けて、室町も口を開く。

「まあ、もう起こっちまったことを今さらどうこう言っても仕方がねえ――で、裄沢。お前さんはこれからどうしてえ」

室町の問いに、裄沢はわずかに黙考してから答えた。

「これはマズいことになったかもしれぬと、慌てて室町さんに相談に乗ってもらおうと考えただけなのですが……そうですね。もし間違った噂が広まっているなら、できるならばその誤りだけでも解消できぬものかと思ってはいます」

柊が、淡々と考えを口にする。

「酷《こく》なことを言うようだが、そいつはちょいと難しいかもしれねえぜ。やり方を間違えて下手《へた》に波風を立てることになっちまえば、却《かえ》って根も葉もねえ噂を広めるほうへつながりかねねえからな」

「まあ、おいらたちが廻り方だってことが、こういうときには悪いほうに耳目《じもく》を集める結果になりかねねえってこともあるしな」

西田が付け加えた。

確かに、柊たちの言うとおりだ。ここは、室町を含め目の前の面々に頼ることはできぬかと、裄沢は他の手立てを考え始めた。

すると、柊と西田を見ながら室町が提案してくる。

「ともかく何やるにせよ、まずはどんな噂がどこまで流れてるかを確かめてからのこったろう。それぐれえは、おいらたちでどうにかしようじゃねえか」

「しかし、今、下手に手は出せぬという話になったばかりでは」

裄沢の疑問に、室町は何でもないことと軽く手を振った。

「西田さんが言ったなぁ、『おいらたちがろくな考えもなく直《じか》に動き回ったら』ってこった――男鰥《おとこやもめ》の独《ひと》り者《もん》で、奉公させてるのも野郎ばっかの裄沢じゃ無理なこったろうけど、うちのかみさんが近所で世間話して情報《ネタ》を拾ってくるだけなら、さほどの障《さわ》りが生ずることにもならねえだろうよ。なぁに、あいつも長年廻り方の女房やってきた女だ。そのへんは、上手くやってくれるさ」

「ああ、それならおいらんとこも西田さんも手助けはできるかな」

柊が同意し、西田もいささか躊躇《ためら》いながらも頷《うなず》いた。

夫婦《めおと》としての歳月の差か、室町たちほどには確信が持てないのだろう。まあそれでも、きちんと結果は出してくれるはずだ。

裄沢は気が重いながらも、なすべきことを口にする。

「その結果が出たら、関谷さんには報告しなければなりませんね」

「……まあ、広めることはしねえと約束した相手だからなぁ」

室町の応答に、柊も西田も難しい顔をして頷いた。

二

深川《ふかがわ》の富岡八幡《とみがおかはちまん》へ向かう参道で拐かしに遭い、もはやどうしようもないと絶望しているところを裄沢に救け出された茜は、その裄沢によって家へ送り届けられてからずっと、屋敷の外へ出られない日々を送っていた。

最初のうちは、茜自身も恐怖が先に立ってとても家の外へ出る気にはならなかった。しかし、あれから半月も過ぎればさすがに気分は落ち着いてくる。さらにはその後、父親を経由してだが「一件の決着はついたゆえ、もはや心配は一つもない」と報告も受けた。

それでも茜が気晴らしもせずずっと家に籠《こ》もったままでいるのは、両親に表へ出してもらえないからだ。父が勤めに出ても母親は家にいるし、母の目がないときはその意を受けた女中のお松《まつ》がいつもこちらに気を配っている。

ひどいときは、お手洗いに行こうとしただけで顔を出してきて、「どこへおいでになるのか」と問うてくる有り様だった。

深川で拐かされた際、茜自身がずいぶんと不用意なまねを重ねたことについては諄《くど》いほどに両親から叱られたし、自分でも大いに反省している。だから、「ずっと家にいるのは気ぶっせいだからお出掛けしたい」などと口にできるはずもない。

ただ、それは仕方がないとしても、茜のことを心配して訪ねてきてくれた友達ですら面会を断り会わせてくれないのはどうかと思う。

そりゃあ、父や母が自分のことを案ずるあまり、どこまでも後生大事《ごしょうだいじ》に仕舞《しま》い込んでおきたいという心持ちは判らないでもないけれど、これまでずっと親しくしてきた友達とほんの少し言葉を交わすこともできないのはやり過ぎだと思う。

自分がそう頼んだわけでもないのに、お見舞いに来てくれたのを冷たく追い返してしまったのだから、せめてもとお礼とお詫《わ》びの文《ふみ》を書いたのだが、お松は黙って受け取ったものの届けてくれたかは怪しいものだ。というのも、折り返しの手紙がいつまで経っても誰からも手許に届かないのだ。

だからといって、お松が自分の判断でそうしているとは思わない。ただ両親からの言い付けを守っているだけであろうからには、叱りつけるわけにもいかなかった。

――いつまでこんなふうに閉じ籠もってなきゃいけないのかな。

自分の播《ま》いた種でこうなっていることは判っていても、ついそんなふうに考えてしまう。

出歩けないばかりか、友達と文のやり取りすら不自由する。茜にとって今の自分の部屋は、座敷牢と何ら変わりのないものに感じられていた。

「お嬢様」

部屋の外から呼び掛ける声がして、返事をするとお松が襖を開けて中へ入ってきた。その後ろにも人影があるのに気づいて注視してみると、畏《かしこ》まった若い娘が立っている。

悪い予感を覚えた茜の顔色を気にすることなく、お松が用件を告げてきた。

「新しい下女が来ましたので、ご挨拶をさせに連れて参りました」

「新しい――！　お末《すえ》は？」

お末は、茜が拐かされたときに供につけていた下女である。本来ならば女中のお松がその任に当たるべきなのかもしれないが、お松が母親の用事に使われることが多いのを理由に、茜は自身の外出時にはお末を伴うことが常だった。

ただそれは表向きの言い訳でしかない。

お松は茜の母が嫁《とつ》いでくるときに実家から連れてきた奉公人で、歳も母親と近く仲がよかった。母の言うことなら何でも聞くような人だ。

母から頂戴《ちょうだい》するお小言が、そっくりそのまま繰り返されるようにお松の口から吐き出される。母から言われるのは当たり前と受け止められても、奉公人が母と同じような口調と言い回しで奉公先の娘であるはずの茜にものを言ってくるのは、仕方がないとは思えてもやはり気分のよいものではない。

しかし母がそれを認めているとなれば、茜が反発することはできなかった。茜にすれば、自分の家の中に口うるさい母親が二人いるようなものだったのだ。

お末は最初の奉公先が関谷家だった町家の者で、茜を小さいころから可愛がってくれる人だった。茜がお松ではなくお末に懐いたのは、言ってみればごく当たり前のことだったろう。

お松は、茜の問いに淡々と答える。

「お末は、宿下《やどさ》がりを致しました」

「宿下がり――ご家族に何かあってお休みを取ってるってこと？」

違うだろうとは思いながら、一縷《いちる》の望みを抱いて訊く。

「お暇《いとま》を頂戴して実家に戻ったということにございます――この者が、お末の代わりに奉公に上がったお竹《たけ》にございます」

「そんな……」

愕然《がくぜん》とする茜の耳には、初対面の挨拶をするお竹の声はほとんど届いていなかった。

茜は思わず大声になる。

「あんな目に遭ったのは、あたしがお末の言うことを聞かずに自分勝手に動いたからよ。お末は何も悪いことなんかしてないのに、なんで辞めさせられなきゃならないのっ」

「あの日、お末がお嬢様のお供についていながら、お嬢様は危うい目に遭われました。その責めは、お供の者として負わねばならぬものなのです。

もしお嬢様がご自身に至らぬところがあったとお考えならば、二度と同じことをなさらぬようにせねばなりません」

お松の落ち着いた返答が、茜には冷たく聞こえた。

「それは……お松の言うとおりだけど、けど、お末を辞めさせるのは間違ってるんじゃないの。叱るなら、いくらでもあたしを叱ればいいじゃない」

お松は、声を荒らげることなく静かに茜を諭《さと》す。

「お嬢様が反省なさるのは、こたび起こったことを考えれば当然にございましょう。しかしながら、それだけで済むというものではありませぬ。

起こったことを鑑《かんが》みて、それがどれだけ重大な結果につながりかねなかったかにまで思いを致せば、お末に奉公を続けさせられないという判断は当然のことにございます。むしろ罪に問わなかった分だけ、旦那様やお内儀様は十分情けを掛けられたと感謝すべきでございましょう」

お松の言い分は判る。もっともなことだと思う——自分の身の回りに起きたことでなければ、だが。

お松だってお末とはともに長く働いてきたはずなのに、突き放した言い方がとても他人行儀に聞こえる。

そんなことすら気にならないほど、茜はこれまで以上の後悔に身を苛《さいな》まれていた。自分の軽率な振る舞いが、身近な者にここまでの影響を与えてしまうとは。

そりゃあ、そんなことになってしまわないか、家に戻ってからずっと心配はしていた。

しかし、おそらくは謹慎《きんしん》を申し渡されてであろう、お末はずっと与えられた部屋に籠もりきりで、茜の前に姿を現さなくとも家の中に居ることは判っていたので、すっかり油断していたのだ。

——どうしよう。あたしのせいで……。

父や母に訴えようかと思ったが、聞いてもらえる気がしない。それでも、やるだけはやってみようと決意した。

もともと無力で、たいへんなことをしでかしてさらに信用を失った今の自分では、他にできることは何もないのだから。

三

裄沢が室町らに茜のことを相談してから数日後の夕刻。今日は同じ蕎麦屋兼業の一杯飲み屋に、茜の父である関谷左京之進《さきようのしん》を呼んでいた。

関谷と相対《あいたい》しているのは、裄沢と室町の二人である。あまり大勢で囲むのもどうかということで、柊と西田には遠慮してもらった。

「わざわざこんなところへ呼び出して、いったい何のお話か」

関谷は裄沢と室町が待っていた二階の小座敷に顔を出すと、立ったまま開口一番そう問うてきた。裄沢が関谷の勤務場所である赦帳撰要方詰所《しやちようせんようかたつめしよ》の前で「今夕しばしお付き合いを願いたい」と述べたときと同じ問いだが、その際裄沢は「子《し》細《さい》はそのときに」と用件を明かさなかったのだ。

詳しいことには何も触れなくとも、茜に関わる話だというのは関谷も重々承知していたし、であるならば断ることはできない。関谷は、気は進まぬながらも言われたとおりここまでやってきた。

裄沢に向かって放たれた関谷の問いに対し、答えたのは室町のほうだった。

「関谷さん。おいらたちがお前さんを呼ぶとなりゃあ、どういう話かはおおよそ予測がついてるはずだ——そんなとこに突っ立ってねえで、まずは座ったらどうだね」

室町に促《うなが》された関谷は、渋々といった様子で膝を折る。

裄沢が入れ替わりに席を立って下へ降りていくと、あらかじめ注文は済んでいたのであろう、小女が酒肴《しゅこう》を持って上がってきた。

裄沢も手伝って料理が並べられる。室町が銚子《ちょうし》を手にすると、関谷はお義理でぐい呑《の》みを持って受けたが、口にすることなくそのまま置いた。

室町は無理に勧めるでもなく、小女が階段を降りていく跫音《あしおと》を耳にしながら口を開いた。

「関谷さん。お前さんの娘さんがあんな目に遭ったことから、おいらたちはその背後について秘密裏に探索を続けた」

「承知しております。その結果についても、教えられることはという限定でしたが、報告ももらっています」

関谷は、堅苦しい口ぶりで応じる。

室町は淡々と続けた。

「じゃあもう知ってるだろうけど、こたびの一件の裏側にゃあ、当初おいらたちが思ってたよりずっと大物が潜んでそうだってことが明らかんなった。そいで、できるだけ密かにことを進めようとしてたおいらたちの苦労も、残念だけど実を結ばねえとこが出てきちまったってことを伝えようと、お前さんに来てもらったんだ」

関谷は硬い表情で「どういうことですか」と問うてくる。

室町は、町奉行所内や八丁堀界隈で、茜の拐かしについて噂が立ってしまっていることを正直に告げた。

そこまで無表情を保っていた関谷が、段々と怒りを抑えられなくなっていく。その怒りの矛先《ほこさき》は、室町ではなく裄沢に向けられた。

「裄沢さん、これはいったいどういうことか。そなたが絶対に表沙汰《おもてざた》にはせぬと誓ったゆえ、身共《みども》は茜が戻った後も探索が続けられるのを承知したのだぞ」

裄沢は反論することなく、深々と頭を下げた。

「それがしの力不足にござる。真《まこと》に申し訳なきことにて」

「そんな口先だけの詫びで済むと思うておるのかっ!」

関谷は大声で裄沢を怒鳴りつけた。

「いったいこの責を、どう取ってくれる」

頭を下げたままの裄沢を睨みつける関谷へ、室町が静かに語りかける。

「まあまあ、そう気を立てられたんじゃあ、話もできねえ。第一《でえいち》、町方役人の娘が拐かされたってえのに探索一つ行われねえでいられるわけがねえことぐれえ、お前さんだって十分承知してるこったろう。

まずは落ち着いて、これからどうするかを相談していこうじゃないか」

「室町さんは他人事《ひとごと》だから、そうやって落ち着いていられるんでしょうが、身共にとっては実の娘の大事です。その原因を作った者を前にして、どうして冷静でいられましょうか」

自分の言葉を聞き入れることなく裄沢を睨みつける関谷に、室町の顔が厳しいものに変じる。

「関谷さん。お前さんが憤《いきどお》るなぁ判らねえでもねえが、その責任をみんな裄沢に押《お》っ被《かぶ》せようってえなぁ、どうなのかね」

裄沢は、関谷からの責めを甘んじて受けるつもりでいたため室町の名を呼んで制しようとしたが、室町は己の言動を改めようとはしなかった。

裄沢から目を離そうとしなかった関谷も、困惑げに室町へ視線を移す。

室町は、低い声で言い放った。

「まずはお前さんの娘が拐かされる前後のこった。おいらは調べの中で当然、お前さんの娘やお供についてた下女からも話を聞いてるけど、そのどこに裄沢の落ち度があった？　言っちゃぁ悪いが、お前さんの娘が拐かされたなぁ、みんなお前さんの娘自身の軽率な振る舞いのせいじゃねえのか。

にもかかわらず裄沢は、己の身が危うくなるのも顧《かえり》みずにお前さんの娘を救い出さんと懸命に働き、見事にやり遂《と》げてみせた。他の誰かが裄沢の立場に置かれてたなら、あんな鮮《あざ》やかな始末はまずつけられなかったと思うけどな——それとも関谷さん、お前さんならもっとあっさり救け出せたとでも言うのかね」

「我が娘は巻き込まれただけ。室町さんは、その因になった者の責を問うてはいかぬと言われるか」

室町は、溜息をつきながら応ずる。

「町方をやってりゃ悪党から逆恨《さかうら》みを受けることがあるってこたぁ、お前さんの娘が無事に戻った直後に、ここで話してお前さんも得心したと思ってたが？

そりゃあ、裄沢へ目ぇつけた悪党の企みに巻き込まれたなぁ気の毒だと思うが、そのことに関して裄沢に至らぬ点があったとか、気をつけてりゃ避けられたとかいう類《たぐい》のモンじゃなかったってえのは、これも調べの結果をお前さんに説明したとおりだぜ」

関谷は室町の指摘に反論はしなかったが、得心しない様子で憤然《ふんぜん》と裄沢を睨み据えていた。

その態度を見た室町がさらに説教を続けようとしたところへ、見かねた裄沢は「室町さん、もうそのぐらいで」と再度制止を掛けようとした。しかし、室町はまだまだ言い足りないとばかりに関谷への苦情を並べ立てた。

「ここまで口にするつもりゃあなかったが、お前さんがそんな態度なら言わねえわけにゃあいかなくなるな。

関谷さん。あんた、娘さんを一歩も家の外へ出しちゃあいねえようだね。それだけじゃあなくって、娘さんの友達が心配して訪《たん》ねてきても、いっさい会わせようともしねえって聞いてるぜ——『あんなことがあったから』てえなぁ判らねえでもねえが、あれからいったいどれだけときが経った？　そんでもいっさい表にゃ出さねえ、誰とも会わせねえとなりゃあ、何かとんでもねえことがあったと思われんのが当然じゃねえか？

それだけじゃねえ。娘さんをそうやって家ん中に閉じ込めておきながら、お前さんは急に人が変わったみてえに、娘さんの縁談話をいろんなとこへ持ち掛けてるそうじゃねえか——これまでは、どんな良縁を持ち込まれても聞く耳を持たなかったお人がよ。

そんなお前さんやお前さんの家の様子が、周りからどう見えるか考えたことがあるかい？　別段、お前さんの娘について悪い噂が流れたのがお前さんのせいだとまで言うつもりゃあねえけど、お前さんが今やらかしてることが、その悪い噂が実は真実《ホント》なんじゃあねえかと皆に思わせる裏付けになっちまってるってことに気づきゃあしねえかい？」

室町のその指摘は、関谷にとって全く予想外のものだったようだ。関谷は、驚いた顔で絶句していた。

室町はさらに続ける。

「おいらぁお前さんの娘から話を聞いたばかりでなく、お前さんの娘自身のことについてもざっと調べさせてもらった——ああ、別にお前さんの娘を怪しんだとかじゃなくって、こいつも廻り方が調べを進める上での決まりのやり方だと思ってくれりゃあいい。

で、お前さんの娘が拐かしに遭ったときのこったが、誘ってきた男の口車《くちぐるま》に乗ったなぁずいぶんと軽率なことだったのは間違いねえけど、おいらや柊さんが調べた限りじゃあ、お前さんの娘さんは歳の割にしっかりしてて、そんな甘い話に簡単に乗っちまうような軽はずみなマネはしねえような感じを受けたんだけどねえ。

お前さんとこの下女から聞いた話によると、あの日お前さんの娘は、ずいぶんと唐突《とうとつ》に外へ出るから供をせよって言い出したそうじゃねえか。下女ははっきりとは教えちゃくれなかったけど、その日の朝にゃあ、家ん中でちょいとした言い争いみてえなことがあったような感じをおいらは受けたんだけどな。

もしそうなら、裄沢のせいにする前に、お前さんが自分の家ん中のことを振り返って、どうしてあんなことになったのか考えてみる必要があるんじゃねえのか？

関谷さんよ、おいらの言ってるこたぁ、間違ってるかい？」

裄沢も、茜が拐かされる前にわざわざ呼び掛けてきてしばらく同行することになったときの様子から、室町が覚えた疑問と同じものを感じていた。その違和感はずっと解消されずにきたのだが、この場にあっても関谷の口から何があったか明かされることはなかった。

関谷は返答を避けるためかわずかに沈黙した後、ようやく室町への抗弁《こうべん》を口にした。

「そもそも、この男が普段から茜に近づくようなことをしていなければ、こんなことにはならなかった。そうであれば、悪党がこの男に目を付けたとて、茜に手を出す仕儀《しぎ》にはならなかっただろうからな」

関谷の言葉を耳にした室町は、「おいおい」と呆《あき》れた声を出す。

「お前さんのその言い方ぁ、まるで裄沢がお前さんの娘に粉《こな》ぁ掛けてたように聞こえるけど、果たしてそうだったのかい。お前さんの娘やお前さんとこの下女から聞いた話にゃあ、そんなことは一つっも出てきちゃいなかったし、日ごろの裄沢の言動見てても、自分の半分ほどの歳の娘っ子にそんなことをするたぁ、とうてい思えねえんだけどな」

関谷から反論がないのを確かめて続ける。

「なら、ごく当たり前《めえ》にご近所さんと挨拶がてらの立ち話をしてたってこったろうけど、お前さん、そんなご近所付き合いもしちゃあいけなかったって言うのかい——ずいぶんと狭量《きょうりょう》な話に聞こえるけど、なら娘だけじゃあなくって、お前さんとこは女房にも女の奉公人にも、そんなこたぁいっさいさせてこなかったってこったよな。それとも、娘だきゃあ今やってるみてえに、外へも出さず人とも会わせずで、これまでずっと閉じ込めてきたってえのかい」

室町に問われても、関谷から言葉は返らない。

それを見て、室町はフンと鼻で嗤《わら》った。普段から室町の顔を見慣れている裄沢でも、驚くような表情だった。

「どうしたぃ。おいらに散々言い負かされて、くだらねえ御託《ごたく》ももはや品切れんなったかい。

手前のやったこたぁ、どんなに失敗《しくじ》りがあってもマズいこっても、『娘を想ってのことだから』で無罪放免だけど、それが人のやったこととんなったとたんに、ほんの些細《ささい》なこっても悪気《わるぎ》がなくっても、責め立てるのが当然ってかい。

お前さんをここに呼んだなぁ、やむなくこんな仕儀になっちまったけど、それでもお前さんの娘になるべく害がねえように持っていくにゃあどうしたらいいかって、相談のためだったんだがよ。お前さんがそんな心持ちでいるんなら、手助けのしようもねえな。よかれと思ってやったことでも上手くいかなきゃあ、こっちのほうへとばっちりが来かねねえってんだからな――こっちゃあ、善意で世話ぁしてやろうとしてるってえのによ。おいらたち廻り方と裄沢さんは、こいで手ぇ退《ひ》かしてもらうから、後《あた》ぁお前さんが独りで、どうとでも好きなようにやりゃあいいさ」

室町は、「裄沢、行くぜっ」と呼び掛けて憤然と席を立った。

裄沢は「室町さん」と名を呼んでどうにか制止しようとしたが、関谷のあまりにも身勝手なもの言いに憤慨《ふんがい》した室町は、すでに大股《おおまた》で座敷を後にせんとしているところだった。

関谷のほうを見やれば、これまでの怒りの籠もった表情はどこへやら、俯《うつむ》いて悄然《しょうぜん》としている様子だ。それでも、ここまでのやり取りを考えれば、裄沢が関谷と二人で残ってもまともな話にはなるまいと思われた。

「ここの払いは済ませてありますので」

そう告げて一礼し、そっと立ち上がった。

関谷は声を掛けられても裄沢のほうを見ようとせず、無言で座したままだった。

関谷には気を遣わせぬよう「払いは済ませてある」と言ったが、このような見世において三、四人集まる程度の飲食で、前払いをするようなことはない。階段を下りてから実際の勘定を済ませて表へ出ると、室町が裄沢を待っていた。

室町は苦笑いを浮かべてこちらを見てきたが、顔を向けてくる前には怒りの収まらぬ厳しい表情をしていた。

「こんなことになって、申し訳なかったな」

室町が詫びてきたのへ、裄沢は慌てて頭を下げた。

「いえいえ。本来、室町さんには関わりのなかったことでお手を煩《わずら》わせたのにご不快な思いをさせてしまい、こちらこそ申し訳ありませんでした」

「お前さん、おいらが怒ったのを見て驚いたようだねえ」

室町が裄沢の顔色を覗うようにして問うてくる。

「いえ——まあ、少しは。いつも室町さんの穏やかなところしか見ておりませんでしたので」

室町は先ほどまでのやり取りを振り返って顔を蹙《しか》める。

「けど、ありゃあダメだな。娘さんにゃあ気の毒だけど、父親《てておや》があれじゃあ、手の貸しようがねえ。どう転ぼうとも、感謝されるどころか嚙みつかれんのがオチだ。

あの人だって親代々の町方だろうに、なんであんななったんだろうな。長《なげ》ぇこと赦帳撰要方人別調掛《にんべつしらべがかり》なんぞやってたから、人付き合いの仕方なんざ忘れちまったのかねぇ」

赦帳撰要方人別調掛が勤務する赦帳撰要方詰所は、例繰方や吟味方の執務場所のさらに奥、北町奉行所でもお奉行の暮らしの場との境になる「はずれのはずれ」ともいうべき位置に在る。

さらに赦帳撰要方人別調掛の仕事は、すでに捕まって罪の確定した囚人の人物調査と、新たなお裁きで下された判例の取り纏《まと》めや整理などだから、他の町方役人とあまり関わらずとも仕事になるという側面があるようにも見える。

しかし、判例のほうなら例繰方で作成した記録を見ればどうにかなっても、すでに刑が確定しているとはいえ囚人の調査となれば、追捕《ついぶ》や吟味にあたった者からしっかり話を聞けないと満足な結果が残せないのではないか。

そうした意味で、廻り方の中でも人望篤《あつ》い室町や、その室町から話を聞いて同調するであろう柊、西田といった面々から見放されるのはつらかろうと思えるのだが。

室町は、裄沢をチラリと見て続ける。

「お前さんの性分だと、関谷さんはともかくその娘のことぉ放っとくなぁ気掛かりだろうけど、父親があんなままじゃあ、何やったって上手くいくはずがねえ。却《かえ》ってもらい火で火傷《やけど》させられることんなろうさ——まあ、気が揉《も》めて仕方がねえかもしれねえけど、しばらくは黙って様子見しとくこったな」

茜のことを、生まれて間もなく亡くした自分の娘にどこか重ね合わせている心情までは理解していなかろうが、室町の裄沢に対する指摘は当たっている。

とはいえ、関谷の頑《かたく》なな態度を見れば、何かしようと思っても手を付けかねるのも確かだった。ましてや、関谷が室町らに見放されたとなればなおさらだ。

室町はいまだ気分を害したままなのか、その後はむっつりと口を閉ざして歩いていく。

裄沢も掛ける言葉もないままに、黙って後に従うだけになった。

四

茜のことについてはずっと気にし続けながら、不覚なことに、裄沢がその噂を聞きつけたのはだいぶ事態が進んでからのことだった。

「隣家の娘御に縁談が？」

桁沢家でたった二人の奉公人である下男のうち、台所を預かる重次《しげじ》ではなく、掃除洗濯に雑用、庭仕事などを主にやっている茂助《もすけ》のほうが、今日は珍しく夕餉《ゆうげ》の膳を運んできた。もしかすると何か話でもあるのかとは思ったが、膳に箸《はし》をつけても黙ってその場でお代わりの声が掛かるのを待っているだけである。

食べ終わるかというところになってようやく口を開いたのだが、まさかこのような話であるとは思ってもみなかった。

「はい、近所の奉公人たちがそうした話をしているのを耳にしまして」

「して、相手は」

「南町で同心をしておられるお方だと伺いました」

桁沢は、「そうか」とのみ応ずる。

室町と二人で関谷に会ってから、まださほどの日にちは経っていないように思う。ずいぶんと急な話だが、それで悪い噂が立ち消えになり、茜に幸せが訪れるならよいかという気になっていた。

が、わざわざ茂助がお膳の世話をしようと顔を出したには、それなりの理由があった。

「お相手はずいぶんと歳上の方だそうで。なんですか、前のお内儀様を離縁なさった後添《のちぞ》えに望まれたと聞きました」

この発言に、裄沢は口の中の物を危うく喉《のど》に詰まらせそうになった。

珍しく夕餉の膳に並んだ汁を、啜《すす》り込んで気を落ち着ける。

「そのお相手の名やお役は判るか」

「申し訳ございません。生憎《あいにく》とそこまでは……」

裄沢は箸を置いて後を続ける。

「判った。よく知らせてくれた――それから重次に、今日も美味《うま》かったと伝えてくれ」

茂助は何か言いたそうにしていたが、結局は「お茶をお持ちします」とのみ口にすると、一礼して空いた膳を手に下がっていった。

茂助は、幼いころからの茜と裄沢の交流を知る数少ない者のうちの一人だ。口には出さずとも、隣家の娘のことを案じているがゆえの報告だと容易に知れた。

が、今の己に何ができるのか。

考えを巡らせても、上手い手が浮かばない。下手に騒ぎになるような事態を引き起こせば、どう転がろうと茜にとってよい評判につながるとは思えない。

こういうとき頼りになるはずの室町は、茜の父親の言動に呆れ果てて匙《さじ》を投げてしまっている。今さら手伝ってもらえるなどと期待はできなかった。

裄沢の心境を正直に告げれば、嫌々ながらも手を貸してくれるかもしれないが、その場合少なくとも「茜の父親が考えを改めること」は求められるだろう。

しかし、裄沢にはその手立てがない。茜の父である関谷が、自分らをこのような状況に陥らせた元凶として敵視している当の相手が裄沢だからだ。

茜を除く関谷家の面々は、昔から裄沢のことを危険視し、敬遠していた。その上で、裄沢絡みの悪党とのやり合いに巻き込まれて茜が拐かされたのだから、裄沢のせいで今の窮地に陥っていると考えるのは、当人たちにすればしごく当然の受け止め方だとも言える。

そこへ裄沢が手を差し伸べようとしても、素直に受け入れる気にならないという心情は理解できた。

つまり、現状裄沢は打つ手に窮《きゆう》し、どうにも身動きが取れない事態となってしまっているのだ。

――何か手立てはないか。

必死に考える裄沢の掌《てのひら》の中で、湯呑《ゆの》みの番茶はとっくに冷えてしまっていた。

「御免」

あくる日の晩に裄沢が訪れたのは、幼馴染《おさななじ》みで同じ北町奉行所に出仕する来合のところだった。

「いらっしゃいませ」

新妻の美也がいそいそと裄沢を出迎える。

「お寛《くつろ》ぎのところへお邪魔し、申し訳ありません」

「まあ、上がれ」

裄沢が頭を下げると、美也の後ろから来合も顔を出した。

本日は裄沢が「相談があるゆえ屋敷にお邪魔したい」と事前に申し入れての訪問だった。仕事終わりに直接向かわず、夕餉を終えてからの訪《おとな》いである。

来合は、いつもの蕎麦屋兼業の一杯飲み屋ではなく家へ伺いたいとの申し入れに訝《いぶか》しむ気持ちはあっただろうが、問《と》い質《ただ》しもせず了承してくれた。

「で、どうした」

座敷で尻を落ち着け、茶を供《きょう》してすぐに来合が促してきた。

裄沢は一服喫《きっ》してから、おもむろに口を開いた。

「轟次郎はある程度のところまで存じおる話だが、美也どのにもお聞きいただきたいゆえ、ことの発端から少し詳しく述べたいと思う」

そう断って、自分が鷲巣屋に目を付けられたところから茜の拐かし、そして現在に至るまでの経緯《いきさつ》を二人に語った。

語り終えた裄沢が二人を見やると、来合は憤りを面《おもて》に表し、美也は痛ましげな表情をしていた。

「一つ訊いてよいか」

来合の問いに、裄沢は頷く。

「確かにその娘さんのことは気の毒に思うが、父親の関谷さんに室町さんが呆れて匙を投げたのは当然のことだろう。なのに広二郎、お前さんがそこまで入れ込んでるなぁどうしてだ？」

裄沢が答えを返すまでに、一拍空いた。

「茜は、死んだ娘の亜衣《あい》と一《ひと》つ歳違い。生まれ月で言やあ、ほんの三月《みつき》程度の差しかない」

裄沢の返答に、来合夫妻は言葉を失う。不幸な出来事の末に、生まれて一年も経たない娘を裄沢が喪《うしな》った話は、美也も夫である来合からざっとではあるが聞かされていた。

裄沢はそれ以上の説明をしなかったものの、隣家に自分の娘とほとんど歳の変わらない女の子がいたならどう見えていたか、わざわざ確かめずとも容易に想像はつく。重ねての問いは発せられなかった。

来合が、最も親しい友であり、このところ返せぬほどの恩義をいくつも受けていると意識する裄沢へ言う。

「そうか――いや、ふと疑問に思ったから訊いただけだ。最初っから、お前さんの頼みを断るつもりゃあねえ。

そいで、おいらは何をすりゃあいい。何でも言ってくれ」

裄沢はいったん来合へ向けた視線を美也へ移しながら応じた。

「町奉行所《ごばんしょ》のそばではなくここで話を聞いてもらったのは、実は轟次郎にというより、主に美也どのに願いがあったからなのだ」

「何でございましょうか」

拍子抜《ひょうしぬ》けして落胆《らくたん》した顔の夫をよそに、美也が意気込んで身を乗り出した。

そう言ってくれるであろうと予想はしていたが、中身を聞く前から躊躇う素振り一つなく何でも引き受けようとしてくれる美也に、裄沢は硬かった表情をわずかに緩めた。

「先ほどの話の中で、茜についてどのような噂が実際流れているかを確かめるため、室町さんたちが調べを引き受けてくれたと述べました」

「はい。お内儀様や女の奉公人たちに、世間話のついでに皆がしている噂を集めてもらったと——私《わたくし》も、同じようにすればよろしいのでしょうか」

「ええ、それをお願いできればと——求める話は、茜に縁談を持ち掛けているという南町の同心についてです。人柄や、どういった経緯で妻を離縁したかなど、無理をせずに判る範囲で噂を集めてもらえませぬか。

折り入って美也どのにお願いしたのは、室町さんたちからはこれ以上の手助けがなかなか望めぬということもありますが、美也どのが南町与力のご息女でいらっしゃることから、あるいは我らでは聞けぬ話も耳に入れることができるのではという期待もありまして」

上《うえ》つ方《かた》の求めに応じ大奥に上がった美也は、やむを得ぬ仕儀でその期待に沿えなかったことが原因で一時期実家とは疎遠《そえん》になったが、裄沢の尽力もあり自分らの祝言《しゅうげん》を機に修復がなされている。かつての縁故《えんこ》を頼って話を聞くことに、すでに何の支障もない状況になっていた。

この実家との関係改善は、裄沢から受けた恩の一つでもあるのだ。

「お任せ下さい」

美也は胸を張って快諾《かいだく》した。

「実家の母や兄嫁にも手伝ってもらいますし、私たちで聞けないような話は、お都和《つわ》や谷津《やつ》さんに集めてもらいますので」

実家とは疎遠になった美也が大奥から下がった後に身を寄せたのが、大奥時代に実の妹のように可愛がってくれた今は亡きお中﨟《ちゅうろう》の実父が営《いとな》む備前屋《びぜんや》だった。都和は、美也を亡くした娘の代わりとも思う備前屋が、その輿入《こしい》れの際につけて寄越《よこ》した女中である。

そして谷津は、来合が独り身であったころから雇っている通《かよ》いの飯炊《めした》き婆《ばば》だ。美也も都和もそこそこに家事はできるのだが、老齢の谷津を雇い止めにすると次の奉公先に困り、暮らしに支障が出るだろうという思いやりから使い続けていた。

「くれぐれもご無理のないように。今さらではありますが、この上また茜の悪い噂が立つようなことになってはなりませんので」

裄沢の念押しに、美也はしっかりと頷く。

「おいらのほうで、やることはねえのか」

横から来合が声を上げた。

剣術の達者で一本気な来合は、正面から堂々と乗り込むといった検分の際には頼もしいが、こたびのような搦《から》め手《て》の調べに向いているとは言えない。これまで鷲巣屋や茜に関する一連の探索は、怪しいと睨んでも証がなかったり、下手を打てば若い娘の今後の人生を狂わせかねないものだったから、来合をいっさい絡ませずにやってきていた。

「まだお前さんの出番じゃねえな」

裄沢はあっさりと却下《きやっか》する。それでも不満げな顔を隠せぬ来合に付け加える。

「今の状況にゃあ、俺だって手も足も出ないで四苦八苦してるんだ。暴れられるようになったら、真っ先にお前さんを頼ろうさ」

自分の夫を宥《なだ》める裄沢をよそに、奮《ふる》い立《た》つ美也は一人頰《ほお》を紅潮《こうちよう》させていた。

五

茜に縁談を申し入れた相手のことは、さほど日を置かずして裄沢への報告がなされた。

「こたび離縁したのは、再婚した妻であったと？」

一度ならず二度までも妻を離縁した後、後添えに望んだのが二十以上も歳下の娘だという知らせには、さすがの裄沢も驚きを隠せなかった。

「はい。しかも前回もこたびも、別れた理由は夫の放埓《ほうらつ》と乱暴だったと」

「乱暴――妻子に手を上げたということですか？」

美也は、眉を顰《ひそ》めながら頷いた。

「見るに見かねて、お内儀とご子息の身柄を実家のお兄上が無理に引き取っていったそうにございます。あそこまでよく我慢したと、お内儀をよく知る者が憤っておったやに聞きました」

「放埓というのは？　廻り方でもなければ、町方同心がさほどの贅沢《ぜいたく》ができるとは思えませんが」

一瞬躊躇った後、美也は「真かどうか確かな話ではございませぬが」と断ってから返答した。

「内々で、とある商家の次男坊を養子に迎え入れる話が相手方とすでについているという噂があります。遊ぶ金があるのは、その商家から前借りをしているのであろうと」

　そうした魂胆《こんたん》があったなら、妻子に手を上げたというのは、むしろ実の子を妻とともに追い出すほうが目的であったことになろうか。

「御家人株《ごけにんかぶ》を売るか」

　裄沢はますます厳しい顔になった。

　幕臣の身分を他者に売り渡すことは固く禁じられているが、これを合法的に実行する抜け道が全くなかったわけではない。特に小禄の御家人の場合、相手先がしっかりしていれば町人の子であっても養子に取ることにさほどうるさくはなかったため、「養子にして親から持参金を受ける」という形で実質的な売却を行うことが可能であった。

　ただし、お役を与えられず待機状態に置かれた小普請組《こぶしんぐみ》の者ならともかく、町方に限らず何らかのお役に就いている立場ともなれば、上役や同輩からの確認が必ず入る。

　新たに仲間となるのがまともでない者なら仕事の上で自分らも影響を受けることになるが、その人物が生まれたときから御家人としての教育を受けて育ってきていない以上、見る目は厳しくならざるを得ないのだ。

噂が真実ならば、御家人株を買おうとしている商人は売る相手だけでなく周囲にもそれなりの金をバラ撒《ま》くつもりがあるのだろうが、ある意味他のお役以上の特殊性があると同時に仲間内の連帯も強い町方役人に、それが通じると思っているのだろうか。

そんなことはともかく、裄沢が厳しい顔になったのは別な理由からであった。茜に縁談を申し込んだ南町の同心が自分の御家人としての身分を売り渡すとなると、茜が嫁に入って子を産んでも、その子は親の跡を継げないということが今の時点で確定していることになるのだ。

裄沢は、一つ深く息をついてから口を開いた。

「さすがにそのような相手となれば、関谷どのも娘を嫁がせようとはなさらぬだろう」

確信を持ったひと言だった。が、報告する美也の顔色は冴《さ》えない。

「ところが、そうとばかりは言えないようです」

意外な反応に「とは？」と訊き返した裄沢へ、美也は自身が集めた噂の続きを話した。

「茜さんの縁談を関谷家へ持ち込んだのは、ご当主をなさっている左京之進様のご実家だそうでして」

「本家、ということですか？」

「いえ。関谷家の本家は別にあります。左京之進様は関谷家の親戚筋から嫁を娶るという条件で養子に入られたお人ですので。こたびの縁談を持ち込んだのは、その左京之進様の実の兄に当たる方だそうにございます。

　もともと左京之進様はご実家で暮らしていたときから兄上様には頭が上がらぬところがあった上、関谷家の養子に入られるにあたってその兄上様がずいぶんとお骨折りをなさったそうで」

「そのご実家からの話となれば断りづらいと——しかし、さような無理筋の縁談を、ご実家の兄上はなぜ持ち込まれたのか」

「これも噂に過ぎませぬが、ご実家の兄上様は若いころにお勤めで大失敗《おおしくじ》りをしてしまったことがあったそうです。そのときに庇《かば》い立《だ》てをしてくれた上に一緒に泥を被ってくださったのが、こたびの縁談のお相手だそうにございます」

「そのときの貸しを取り立てたということですか——しかし、それにしても無体《むたい》が過ぎるのでは」

「ご実家の兄上様のお言葉か、縁談相手のお人の言ったことかは判りませぬが、

『こたび持ち込んだ縁談が調《ととの》わなかったら、茜どのにお相手がいるのか』との申しようだったと聞きました」

「それは……」

縁談を持ち込んできたのが頭の上がらぬ実兄であれば、怒りを覚えても口に出すことはできなかっただろう。そして実際に娘の縁談を纏めようと動いて成果の上がらなかった関谷にすれば、「他に相手がいるのか」という問い掛けにも反論のしようがない。

そうしているうちに、話は止める手立てもないまま一方的に進められてしまったのか。

「左京之進様はその場でははっきりとご返事はなさらなかったものの、先方からの催促《さいそく》は当然ありますので、いつまでも先延ばしにしておくこともできまいというのが、私の聞いた話にございました」

何か言いかけた裄沢は、結局言葉にせずにそのまま口を閉じた。

裄沢自身は重く受け止めているとはいえ室町ら他者の目からすれば責はないと断言される状況においても、娘のこととなれば簡単には裄沢を赦《ゆる》せないと頑強《がんきよう》に言い張るような男が、実家の兄からの申し入れには逆らえずにいるという話が信じられずにいた。

しかし、自らの振る舞いは棚《たな》に上げて関わった他人の粗《あら》ばかりを責め立てる者だと見れば、直接自分になされる強談判《こわだんぱん》には弱いということなのだろうか。

いずれにせよ、裄沢がどう想っていようが実際のところ茜がただの隣家の娘であるからには、採れる手立ては多くない。ましてや、その隣家の主から自分が疎《うと》まれ嫌悪《けんお》されているとなれば、裄沢には動きようがなかった。

そうして、詳細が明らかにされながら、その日はただ美也からの報告を聞くだけに終わった。


「入るぞ」

まともに自分の部屋から出ることもならぬままひと月以上経た茜のところへ、父の左京之進が久方《ひさかた》ぶりに顔を出した。

返事も聞かずに襖を開けたのはいつものことだし、ここしばらく放っておかれたことから避けられていたのも判ってはいるが、向こうから足を向けたのにまともに目を合わせようともしないよそよそしさには疑念を覚えさせられた。

それでも、このところ鬱々《うつうつ》と悩んでいたことを口にできる機会がこれでようやく得られたのだ。

「父上――」

「そなたに話がある」

意気込んで話し掛けようとしたところ、声が重なった。

「……何でしょうか」

口にしたいのは願いごとであるため、まずは父親の話を先に聞こうとした。

左京之進は、「実はな」と切り出しかけて、いったん口ごもる。茜が待っていると、ようやくその先を話し出した。

「そなたに、縁談が来ておる。身共の兄上からだ――相手は南町《みなみまち》奉行所の孫田作《まごたさく》左衛門《ざえもん》殿というお人だ」

「……どのようなお方なのでしょうか」

突然の話で驚いたが、どうにか問いを発することができた。

「歳はそなたより上だが、門前廻《もんぜんまわ》りを勤めておられるお人ぞ」

門前廻りは、老中など幕府の重職の対客日《たいきゃくび》（大名家などから相談や陳情《ちんじょう》を受ける日）に、屋敷で来客の整理に当たるお役である。奉行所のお役の中で要職には含まれないが、茜が気になったのはむしろ「歳はそなたより上」と言われたことだった。

父の態度を見ていると、「どれほど上か」ということへの言及がなかったのが何か言いづらいことがあるためのように思えたのだ。

「どうしたいか、よく考えてみることだ」

さらに問おうとして口を開き掛けたのを、父の言葉に遮《さえぎ》られた。

茜が口を閉ざすと、父はそのまま部屋を出ていった。茜の目には、その後ろ姿がまるで逃げるようだと映った。

タン、という音を立てて閉じられた襖を見つめる。その向こう側にあるはずの茜の疑問に対する返答は、最後まで聞こえてはこなかった。

——歳上の人。どれだけ上か言わなかったのは、きっと言いづらいほど年の差があるからかな。

茜は孫田という人のことをわずかでも耳にした記憶がない。父の勤める北町奉行所の人でもみんな知っているわけではないから仕方ないことかもしれないが、友達の話にも出てこなかったことからすると、やはりずいぶんと歳の離れた人なのだろうと思えた。

——「どうしたいかよく考えろ」なんて言われたって、あたしに断ることが許

される の？

これまでの父の態度を考えれば、婚姻《こんいん》は家と家とのつながりを作るためで、当人の意思は二の次だと思っていることがはっきりしている。もともと親の言うことを聞かないなどあり得なかったはずだ。

それが、どういうわけか今日に限って娘の意思を問うようなことを口にしてきた。

——どんな人なんだろうな。

あんなことをしでかしてしまった自分をもらってくれるというからには、ご両親が寝たきりで看病する者がいないとか、お内儀と死別して育てなければならない子供がたくさんいるとかで、普通の女の人だと嫁の来手《きて》がないような家なのかもしれない。

そうでなければ、さすがに父ももう少し詳しい話をしてくれたはずだ。

相手がどんな人であろうが、今の状況が自身の軽率さに起因しているからには、断る途《みち》など自分に選べるはずがない。もし断れば、どこにも嫁に行くところがなくて両親を困らせることになるだけだろう。

——「深川の楊枝《ようじ》（現代の歯ブラシ）屋《や》で、十年前の来合様と美也様の再現なんてどうですか」

不意に、ひと月以上前に自分が口にした言葉を思い出した。

それまで娘の婚姻について話題に上《のぼ》せることすらいっさい避けてきた父が、急に態度を変えてそうした話がないことを娘のせいにするようなもの言いをし始めた。その理不尽《りふじん》さに腹を立て、気晴らしに深川の永代寺《えいたいじ》や富岡八幡へ足を向けたときのことだった。

楊枝を求めに参道の屋台見世へ出向いた裄沢とバッタリ出くわし、自分から声を掛けたのだ。家の前ならまだしも、人通りの多い出先でそんな振る舞いに及ぶことはまずないのだが、父に対する憤りでいつもとは気持ちの在りようが違っていたようだ。

普段と変わらぬ裄沢のお気軽な態度に気持ちが上向き——というか浮ついてしまい、十年越しの恋を実らせた来合夫妻のことを思い出してつい軽口が飛び出したのだ。

——「そのためには、まずは茜ちゃんが襲われないといけなくなるよ」

裄沢の小父《おじ》さんは気さくに茜の冗談に乗ってきてくれた。家でのゴタゴタを押しやって気分を上げようとしていた茜は、嬉《うれ》しくなって即席の掛け合いを続ける。

――「でも、小父さんが救けてくれるんでしょう？」

この問い掛けに対する小父さんの返事が振るっていた。

――「そりゃあ、茜ちゃんを見捨てて俺だけ逃げ出すなんてことはしないさ。けど俺は、轟次郎とは違ってヘナチョコだからね。小父さんがやられそうになったら、茜ちゃんが小父さんを救けてくれよ？」

茜は「もう」と頰を膨《ふく》らませたが、もちろん本気で怒ったわけではない。家で父と口喧嘩になったことは忘れて、楽しい気分にさせてもらっていたのだから。

そんな浮ついた気持ちが裄沢と別れた後も続いたために、あんな子供騙《こどもだま》しの口車に乗せられて拐かされるような目に遭ったのだが、悪いのはどこまでも自分だ。裄沢の小父さんは、あの日出会う前の茜に家でどんなことがあったのかなんて知ってたはずがないし、たとえ知っていたとしてもその後に起こることを事前に予測して気を配るなんてできたはずがなかったのだ。

それでも、裄沢の小父さんは茜の危難を知ると、己の身を顧みることなく真っ直ぐ救けにやってきてくれた。

そりゃあ来合様みたいな剣術の腕で、当たるを幸い悪者どもをみんな薙《な》ぎ倒《たお》して駆けつけたわけではないけれど、身も凍るほどに凶悪な面構《つらがま》えの男たちを簡単に屈服させたのは、茜が普段目にしたこともない小父さんの頼もしい姿だった。

囚《とら》われている間はずいぶんと長いときが経っているように思えたものの、後から考えたらほんのいっときのことだったようだ。それだけ小父さんは、迅速《じんそく》に、そしてひたすら真っ直ぐに、茜を無事に取り返そうと一生懸命になってくれたのだ。

——歳が離れてる相手だっていうなら、いっそのこと小父さんがいいな。

ふとそんなことを考えて、すぐに打ち消した。

——小父さんのことだから別れてすぐにあたしが拐かされたことで責任を感じていそうだし、そんな話が持ち上がったらあたしのことを引き受けてくれそうにも思えるけれど、甘えちゃいけない。

そう、強く自分に言い聞かせる。

——小父さんは、あたしのことなんて何とも思ってない。迂闊《うかつ》な振る舞いで拐かされたあたしを救けるために危険を承知であんな悪党どものところへ乗り込んで渡り合ってくれたというだけで、ずいぶんと迷惑を掛けたんだ。これ以上面倒を掛けるような振る舞いは、たとえどんな小さなことでもやっちゃいけない。

そんなふうに強く自分に言い聞かせた。

茜の心は、暗く重い何かが覆《おお》い被《かぶ》さったように陰鬱《いんうつ》に塞《ふさ》がれている。けれど、これから先は無闇《むやみ》に人に迷惑を掛けることのないよう、自分の力で先に進んでいこうと、それだけは固く決意していた。

六

裄沢は焦《あせ》る心をどうにか抑えつつも、何もできない自分に苛立《いらだ》つ日々を送っていた。一方で勤め先である町奉行所の仕事は、周囲に何も悟られることなく無難にこなしている。

しかし長いこと同じ御用部屋で机を並べている者の中には、裄沢がいつにも増して無表情で、かつ無感情に目の前の仕事を片付けていくのに首を傾《かし》げている者もいた。

室町らが手を引いた今となってみると、裄沢の採れる手立てはほとんど残されていない。関谷家へ乗り込んで茜の父である左京之進と膝詰《ひざづ》めで談判することができるならば、また新たな途《みち》が開けるのかもしれないが、あの男が自分に胸襟《きょうきん》を開いてくれるとは、どうにも思うことができなかった。

下手をして今以上に徹底した拒絶をされてしまえば、客観的な観点からはただの隣人という立場でしかない裄沢は、手や口を出す術《すべ》を完全に失ってしまうのだ。

仕事をしていても、茜の不幸な縁談のことが頭から離れることがないのだが、今日も一日、結局何の手立ても思いつかないままに過ぎてしまった。

奉行所を出てからずっと頭を悩ませたまま八丁堀への道を歩いていたところ、知らぬ間に自分の屋敷近くまで到達していたようだ。

「？」

自分の住む組屋敷前の道に、佇《たたず》んでいる者がいる。己と同じ町方装束だが、ずいぶんと歳若《としわか》に見えた。

若者は、すでに裄沢の到着に気づいていたようだ。こちら向きで真っ直ぐ見つめた後、丁寧に頭を下げてきた。その所作から、ひと目で伝わってくるほどの緊張が覗《うかが》える。

直ったところへ小さく頭を下げながら裄沢は足を進めていった。

「あなた様は確か、甲斐原《かいばら》様の……」

「はい、北町奉行所で吟味方与力を勤める甲斐原の長子《ちょうし》で、甲斐原佑《たすく》と申します。いまだ出仕して間もない無足見習いですが」

吟味方与力で最上位の本役に若くして任じられた俊英、甲斐原之里《ゆきさと》の嫡男であった。甲斐原家の嫡男は勤めに出たばかりだから裄沢は同じお役になったことはないが、自分の勤める町奉行所で二十五人しかいない上役のうちの一人の跡継《あとつ》ぎであるから、当然顔は見知っていた。

「はい、存じ上げております――しかし、わざわざこのようなところまで足を運ばれるとは、いったいどうなさいました」

「事前にお伝えすることなく勝手に押し掛けて参りまして、申し訳ありません。実は、折り入ってご相談したいことがありまして」

「相談を、それがしに、ですか?」

与力の嫡男でありながら供を一人もつけていない。それだけ秘匿《ひとく》を要する話なのかと、裄沢は疑った。

裄沢の表情を迷惑していると受け取ったのか、最初から丁寧だった佑はさらに腰が低いもの言いをしてくる。

「ご都合が悪ければ出直して参りますので、できますれば是非」

佑の父親には大いに世話になっている。それがなくとも、これだけ丁重に願いごとをされて追い返せるわけがない。

「お食事は?」

刻限が刻限だけに、そう訊いた。普段の裄沢家の夕食など粗末なものだから、「まだだ」と言われたならどこか近くの見世にでも連れていくつもりだ。

若者は恐縮しながら返答してきた。

「家に戻ってから摂《と》ります——お疲れのところをこんな刻限にやってきまして、申し訳ありません」

「では、奉公人もろくにおらずむさ苦しいところですが、どうぞ中へ」

裄沢は、若者を丁重に迎え入れた。


甲斐原佑を組屋敷に伴った裄沢は、そのまま自ら居間兼茶の間として使っている座敷に迎えた。着替えることなく、一緒に座に着く。

すぐに茂助が茶を運んできて下がっていった。

ふた言、み言雑談を交わしたが、佑のほうが緊張していて話が続かない。そこで、さっそく本題に入ることにした。

「それで、それがしにご相談と言われるのは」

もともときちんとした姿勢で受け答えをしていた若者は、さらに居住《いず》まいを正してから返答してきた。

「実は、こちらの隣家の娘御のことについてなのですが」

意外だったが、ようやく、若者が訪ねてきた理由が見えてきた。

「関谷家の茜どののことですか」

「こちらに伺うのが筋違いだということはわきまえています。ご迷惑をお掛けして申し訳ありませんが、どうやら直接先方へものを言うのは憚《はばか》りがある様子で、思案《しあん》投《な》げ首《くび》しても他の手立てが思いつかず、こうして押し掛けてきた次第です」

今の関谷家の状況を考えて、すぐに直接向かおうとせずに、事態を把握《はあく》していそうな人物に相談を持ち掛けてきた——見た目も見習い与力であることからしても、元服して間もないほどの歳であろうが、その割に落ち着いていてしっかりした判断ができる人物のようだ。

世話になっている甲斐原の倅《せがれ》だということを抜きにしても、好感の持てそうな若者だった。それでも、まずはきちんと確かめておかねばならぬことがある。

「それがしのところへ来られた事情は判りました——ですが、なぜ佑様が関谷家の娘に関心を持たれているのか、そこのところを教えていただけましょうや」

佑は一瞬躊躇った後、隠すところなく真っ直ぐに答えてきた。

「私が、茜どのに好意を持っているからです」

若者らしい直向《ひたむ》きさは十分感じられたが、きちんと自分なりに状況判断して裄沢のところへやってきたという点からしても、惚《ほ》れて周りが見えなくなり暴走しているというわけではあるまい。

どこまで事情を把握しているかはともかく、若者なりにしっかりと考えた末に、それでもどうにか縁をつなぎたいと結論づけた上での行動だと判断した。

裄沢は、「なるほど」と応じた後に問いを加える。

「今、関谷家には少々揉め事があって茜どのも外にはお出になられないようですから、直接お話をしようとなさっても無理でしょうし、だからといって先方の家へ直に働き掛けるようなことも控えるべきというお考えは、相手先を思いやった、たいへんごもっともなことだと存じます。

しかしながら、佑様の正直なお気持ちは聞かせていただきましたものの、ことがことだけに、お一人の判断だけで進めてよいこととは思われませぬ。その点については、どのようにお考えでしょうか」

真剣に裄沢の話を聞いていた佑は、一つ頷いて返事をしてきた。

「おっしゃるとおりだと思います。私も父に相談し――と言いますか、秘かに悩んでいるつもりだったのが父に露見し、誤魔化しが効かずに洗《あら》い浚《ざら》い喋《しゃべ》らされました」

気づいたのが本当に父親のほうだったのか実は母親だったのかはともかく、若人《わこうど》が親に隠しておきたい悩みをすっかり吐かせたというのは、さすが吟味役の中でも俊英を謳《うた》われる甲斐原だと、裄沢は秘かに感心した。

「それで、父君は何と仰せで？」

「裄沢様に相談してはどうかというのは、父からの提言です。それで、このように図々《ずうずう》しくも押し掛けて参った次第です」

「父君は、佑様のお考えに反対はなさらなかったのですね」

「はい。ただじっと考えた後、『用部屋手附同心の裄沢さんに相談してみな』と、そう助言をもらえました」

父親である甲斐原が何を考えているのか、正確なところは当人に尋ねなければ判断がつかない。しかし、あれだけのことがあった娘に対し、真っ向から反対するつもりはないと考えてもよいのではないかと、裄沢は思った。

「さようですか——申し訳なきことながら、『相談を』と持ち掛けられましても、正直なところ『こうすればよい』などという上手い考えは持ち合わせておりません」

裄沢の返答に佑は落胆する。しかし、裄沢の話には続きがあった。

「ところで、佑様は関谷家が今置かれている状況について、どこまでご存じでしょうか。もし正確なところまでご存じでないとすれば、それを知ることで新たな考えが浮かぶやもしれませんが」

関谷家の内情について勝手に漏らすのは、褒《ほ》められたことではないかもしれない。しかし裄沢は、八方塞《はっぽうふさ》がりの現状を打開できるかもしれないわずかな望みに賭ける気になったのだ。

「お話しいただけましょうか」

裄沢は頷き、自分の知るところを佑に語っていった。

話しているうちに、佑の表情が明らかに変わった。それがいいほうへなのか、悪いほうへなのかは判らない。

有り体に言えば、何がいいのかも裄沢には定かではない。たとえ二人が結ばれたとしても、それが二人の——特に佑のために良いことだとは、言い切れないのだから。

ただ、今の佑は茜の外側だけでなく、中身も真剣に見ようとしている。それだけでも価値があろうと、裄沢は考えるのだ。


その翌日。執務を終え己の仕事場である御用部屋を出た裄沢は、玄関前を素通りして右手へ曲がった。向かったのは、吟味方の与力同心が集《つど》う吟味所《ぎんみしょ》である。

「おう、裄沢さん」

目的の人物がいたら本当に声を掛けるべきなのか、迷いながら中を覗き込むと、先に先方が裄沢を見つけて声を掛けてきた。

前日裄沢の家を訪ねてきた若者の父親、吟味方与力の甲斐原之里である。甲斐原は気さくに立ち上がって近づいてくる。

「お忙しいところに済みません」

「なぁに、我が家《うち》の小僧っ子のことだろ？　なら、迷惑掛けたと詫びなきゃならねえなぁ、こっちのほうさ」

そう言いながら、裄沢の前を通り越して廊下に出る。甲斐原の後についていくと、吟味所に隣り合う三《さん》の間《ま》の襖を開けた。

この部屋は、お白洲《しらす》の控え座敷として使われるところだが、すでに夕刻で誰の姿もない。

座敷の中に裄沢を入れた甲斐原は、開けたままの襖の框《かまち》（外枠の木の部分）に背を預けるように立った。余計な者が近づいてきてもすぐに判るようにとの考えからであろうから、裄沢も立ったまま甲斐原と向かい合う。

「突然押し掛けて好き勝手並べたのに、丁寧に対応してくれたそうだなぁ。礼を言わしてもらうよ」

「いえ、そんなことはよろしいのですが——甲斐原様。甲斐原様は、ご子息が関谷家の娘に関心を持っておられることについて、どうお考えなのですか」

「どうって、まあ、本人次第だよなぁ」

嫡男の嫁取りに関わる一件となれば甲斐原家の大事だろうに、甲斐原の返答は恬淡《てんたん》としたものだ。

「……反対はなされぬので？」

一応の警戒を周囲に向けてか、あらぬほうを見ていた甲斐原は、チラリと裄沢へ視線を戻して答える。

「お前さんの目にどう見えてたか知らねえけど、佑《あいつ》ぁ表情や態度にゃあ出さねえものの、でえぶ逆上《のぼ》せ上《あ》がって思い詰めてたようだったからな。ともかく落ち着いて話だけでもしっかり聞く機会を設けねえと、何しでかすか判らねえってんで、力ぁ貸してもらったのさ。お前さんに断りなしで、いきなり押し掛けさせるような格好になったなぁ申し訳なかったけどな。

で、おいらもそんときお前さんがしてくれた話を佑から聞いてる──まぁ、佑がお前さんとこへ行く前後で、おいらのほうも廻り方の面々からそれなりにいろいろと聞かしてもらったんだが」

直接の返答はそこまでだったが、どうやらその結果、甲斐原の印象もそう悪くはないということのようだ。

「佑様は見習いとして出仕されたばかりということですから、関谷家の娘のほうが歳上ですな」

「二つばかり、向こうさんが上になるかねぇ。金の草鞋《わらじ》を履《は》かずとも捜し当てられたってことかね」

「……それで、納得されていると──本当によろしいので？」

しつこく念を押したのは、与力の中でも出世頭の一人と目《もく》される甲斐原が跡継ぎの嫁に迎えるには、実際の当人の為人《ひととなり》はどうであれ、「ケチのついた」茜は普通に考えれば不適格と見なされるであろうからだ。

甲斐原佑という若者は、家柄からも裄沢がその目で見た人柄からも、もし成立するのであれば苦境に立たされている茜にとってこれ以上ない良縁となろう。しかしそうであるからこそ、希望を持たせた後で上手くいかなかったとなったなら、茜が蒙《こうむ》る打撃は立ち直れないほど深刻なものになりかねない。

だからこそ、きちんと確かめねばならなかった。

しつこく問い掛ける裄沢に煩《わずら》わしそうな顔もせず、甲斐原はあっさりと答えた。

「倅もお前さんの話を聞いて、だいたいのところは得心したようだ。後《あた》ぁ、当人同士話ぃして相性がどうかってとこだろうな」

甲斐原がそう言っても、裄沢はまだ懸念を払拭《ふっしょく》しきれない。瓢簞《ひょうたん》から駒《こま》と言いたいほど突然救い神が現れたと思ったら、あれよあれよと驚く間もなくトントン拍子に行き過ぎて慎重になっているというのも一因だが、なによりそれだけ茜のことを案じる気持ちが強いのだった。

裄沢のそんな思いが伝わったのか、甲斐原はさらに言葉を足した。

「おいらが廻り方から話を聞いたってなぁ、先方の娘さんのことだけじゃねえよ

――お前さんが、あの娘《こ》をどんだけ気に掛けてるかってことについてもだ。

でだ、無論のこと拐かされたことに責任を感じてるってこともあるんだろうけど、お前さんがあそこまで気を揉んでるなぁ、それだけが理由じゃねえだろ？ お前さんがそこまで入れ込んでる娘なら、間違いはねえだろうって思ったってことさ」

あっけらかんと言いのけた甲斐原に、裄沢は唖然《あぜん》とする。自分の息子の嫁取りという大事で思いも掛けぬ買い被《かかぶ》りをされたことに、裄沢は二の句が継げなくなった。

七

甲斐原と別れ帰宅した裄沢が家の敷地へ入ろうとしたところで、こちらの名を呼び掛けてくる人物がいた。

「これは、関谷さん」

隣家の主、茜の父親である左京之進だった。

「裄沢殿は、今お帰りか」

家の前を通るときにちらりと姿を見掛けていた。しかし以前から避けられていたのは承知していたし、ましてや先日の室町を含めた話し合いで決裂した際には裄沢へ大いなる怒りを見せていたので、まさか向こうから声を掛けてくるとは思わなかった。

甲斐原佑の件を誰がどこで関谷に持ち掛けるのが最上かと、新たな問題に頭を悩ませていたのである。

関谷はぎこちない笑みを浮かべ、上げかけた手を所在なさそうに下ろしたところだった。意外だったが、何か話があって裄沢の帰宅を待ち受けていたように思えた。

「はい、家路に就く前に、町奉行所《ごばんしょ》の中で少々立ち話をしておりましたので」

さようか、と頷いた関谷へ、今度は裄沢が問い掛けた。

「ところで、それがしに何か」

「いや、帰ってくるところを見掛けたのでな」

半ば反射的にそう応じてから、一瞬間を置いて言葉を足した。

「うちの茜に縁談が来ておることはご存じか」

まさか佑のことをすでに知っているということはあるまい。すると関谷が口にした「縁談」というのは、南町の同心とのことであろう。

問うてきた意図が判らず、裄沢は相手の顔色を見ながら慎重に返す。

「はい、噂には」

関谷は「そうか」と口にしてしばらく黙り込んでから、ポツリと「なんでこのようなことになったのか」と呟《つぶや》いた。

語り掛けられたようでもあり、独り言のようでもあったから、裄沢は口を閉ざしたまま相手を見やる。

俯いていた関谷は顔を上げ、真っ直ぐ裄沢を見てきた。

「先日の、室町さんとともにわざわざお話ししてくださったときのことですが、あのときは、いかい失礼なことを申し上げました」

いかにも話しづらそうに口にし、頭を下げてきた。

「いえ、こちらもかなり厳しいもの言いをしてしまいましたので」

そう応じた裄沢へ、詫びを言ったことで気持ちが定まったのか、関谷はそれまでよりもしっかりした口調で告げてきた。

「しかし、言われたことに間違いはござらなんだ。いちいち思い当たることばかりにて、性根《しょうね》の据わっておらぬ身共は素直に聞くことができ申さなんだ」

「我らも、耳に逆らうことばかり口にしたのは、申し訳なきことだったと思います」

「いやいや、あの場できちんとご指摘いただかねば、今もって己の根性なしをきちんと認めることなどできはしなかったでしょうからな──しかし、それも己の捻曲《ねじま》がった性根のせいで、遅きに失したというか……」

「関谷さん？」

「室町さんからあのとき、『茜はずいぶんとしっかりしてる娘に思えたけれど、あんな軽はずみなマネをしたのは、その前に家でなにかあったからじゃないのか』と指摘を受けて、身共はまともに答えられずに、裄沢殿が普段から茜と妙に親しくしているのが悪いなどと責をなすりつけましたな──あれは、己の後ろめたきところをズバリと言い当てられて、まともに返答できなかったがゆえの誤魔化しにござった。

身共は我が娘可愛さゆえ、茜が歳ごろになっても縁組やら嫁に出すなどといったことからずっと目を背《そむ》けておりました。さような話を持ち掛けられたときばかりでなく、身共の家内あたりから関わりがありそうな世間話をされたときですら、聞かなかったことにして耳を塞いでおりました。ところがある日、日ごろ親しくしておる同僚が娘の縁談が纏まったと嬉しそうにしているのを見て、ふと『このままでよいのか』と焦りを覚えてしまったのです。

そんなふうに考えたなら、いくらでも選ぶ手立てはあったのですから、娘の相手について前向きに考えていくだけでよかったのですが、茜が我が家から離れていくことになると判っていながらその縁組を考えるだけの胆《きも》がありませなんだ」

関谷は、自嘲《じちょう》の笑みを浮かべて続ける。

「そんな身共が何をしたか――己のやるべきことは脇に置いて、茜に『そろそろお前も嫁入りを考える歳になったんだから』とか、『いつまでも家に居られるようなつもりでいてはならぬ』とか、娘相手にそんな説教じみたことを口にしては、己の心を妙な具合に炒《い》りつけるモヤモヤを誤魔化していたのでござる。娘に言い掛かりをつけて憂《う》さ晴《ば》らしをしていたと見られても仕方のない、情けなき有り様にござった。

それを棚に上げて、己の行為はなかったかのごとく振る舞って裄沢殿を理不尽に責め立てた。人として、赦《ゆる》されない行為でありました」

「いや、娘御を攫《さら》われるような事態が起これば、動転してそれ以外のことは吹っ飛んでしまいましょうから」

裄沢の慰《なぐさ》めに関谷は首を振る。

「身共は、普段とは茜の様子が違っていたのではと指摘されても己の態度を変えようとはしなかった。茜が拐かされた当日の振る舞いだけなら裄沢殿が庇《かば》ってくださるお言葉に甘えられもしましょうが、先日の室町さんを交えての話し合いの場においてすらああした態度を変えなかったのですから、何の言い訳もできは致しませぬ」

無言になった裄沢に、関谷はさらに自責の言葉を重ねる。

「身共がやったのは、愚かにもそれだけに留まりませなんだ。これも室町さんに指摘されたことだが、悪評が広まるのを恐れて茜をずっと家の中に閉じ込めておきながら、軽率な振る舞いを重ね申した。

悪い噂が皆の耳に達する前にと、これまで見向きもせなんだ茜の縁談を、思いつく限りのところで求めて回りました。周囲からは、突然何を焦り出したのかと、不思議に思われたでしょうな。噂が立つのを止められなかったことで裄沢殿や廻り方の皆様に激怒しながら、実際にはその噂が確かなものだと自分で触れ回っていたようなものにござった。それに全く気づくことなく、独《ひと》り相撲《ずもう》の狂言芝居を延々打ち続けていた——笑い話にもならぬ体《てい》たらくにござるな」

「挙句《あげく》の果てにようやく摑《つか》んだ縁談の相手が四十男で、皆外へ出したとはいえ四人の子持ちの後添えにござる。しかも、その相手たるや南町の中でも悪評芬々《ふんぷん》たるような無頼漢《ぶらいかん》。

散々勿体《もったい》ぶっておきながら、こんな縁組しか娘に示してやれぬ――お嗤いくだされ。こんなことになるなれば、いっそ裄沢殿にもらっていただいたほうがどれだけよかったことか……」

「関谷さん……」

関谷が裄沢へ向けた顔は、泣き笑いに歪《ゆが》んでいた。

ただの愚痴《ぐち》のような口ぶりではあるが、最後の言葉には半ば以上の本音が混じっているように聞こえた。

あれだけ頑なだった関谷が、かほどあからさまに己の心情を切々《せつせつ》と述べるとは思ってもいなかった。今の関谷は、そうせざるを得ないほどに追い詰められているということだろう。

しかし、関谷自身も判っていようが、裄沢にはその想いを受け入れることができない。

茜の縁談相手についての調べを美也に頼んだとき来合へ語ったように、生まれて一年も経たぬうちに亡くした自分の娘と茜を重ねて見ているところがあったからだ。

しかも、これは最も親しい友人である来合にも口にしなかったことだが、亡くした自分の娘について、裄沢は仕事の忙しさにかまけて十分構ってやれなかったという後ろめたさを覚えていた。その後悔は、何としても己がこなさねばならぬと必死に取り組んでいた大量の仕事が、実は周囲からそう思わされていただけで他人の分まで負っ被されていたものだったと知ったことで、当初よりもずっと大きなものになっていたのだ。

そんな自分の娘と重ねて見る茜を、己の伴侶《はんりょ》とすることなど考えられないのは当然だった。

それればかりではない。

今置かれている苦境から、茜をどうにか救け出せないものかとこのところ裄沢はずっと呻吟《しんぎん》している。己が茜を家に迎え入れることでそうできるならば、躊躇う理由はなかった。

しかしながら、妻に娶るということは、茜を一生涯自分の下に縛りつけるというのと同義なのだ。将来ある若い娘を、いっときの窮地から逃れさせるためだけに、そこまでの行為に及ぶ踏ん切りはつけられなかった。裄沢が茜に抱く愛情は、己の伴侶としたい異性に対するものとは違っているのだから。

二進《にっち》も三進《さっち》もいかない——裄沢はずっとそんな心境にあったのだが、幸いにも今は、ようやくいくらか光明《こうみょう》が見えてきたところである。

「関谷さん」

こちらの顔色を覗う関谷に、裄沢は落ち着いた声で呼び掛け、さらに言葉を続けた。

「今のそのお気持ちを、こんなところでそれがしだけに伝えて終わらせるのではなく、茜どののために勇気を奮《ふる》って立ち向かうことに向けてはみませぬか」

思いも掛けぬことを言われた関谷はしばらく言葉を失う。そして、下手な希望を持っては落胆することになるだけではという不安を抱えながら、恐る恐る問うてきた。

「それは、どういう……」

困惑する顔になった関谷へ、裄沢は己の考えを語った。

八

当時の町人層のお見合いは、男女の一方が水茶屋《みずぢゃや》などで休んでいる前を、見合い相手が通り過ぎるといった形で行われることが多かった。つまり、通常行われた当時のお見合いは、話をすることもないまま一瞥《いちべつ》しただけで夫婦となるかどうか本人が意思を固める（ただし、実際の婚姻まで至るかは、その後の両家による具体的な話し合いの結果次第）、というものだったのである。

それでも、当人同士は会ったこともないまま親の決めた相手と祝言を挙げるようなことも普通にあった時代だから、第一印象限定とはいえ、当人に好悪《こうお》を問うだけマシだったとも評せよう。

一方、町方の与力同心は他の幕臣から「不浄役人《ふじょうやくにん》」と蔑視《べっし》される傾向にあったことから、同じ町方役人の子女同士で婚姻を行うことが多かった。そのほとんどが八丁堀に組屋敷を与えられ住まいしていたため、婚姻を結ぶ二人も顔見知りであったり、そこまでいかなくとも相手の評判を耳にしているようなことがごく当たり前にあった。すなわち、わざわざ改めて見合いなどするまでもなく、当人の意向を確かめるにせよ親が口頭で行うだけ、という程度で済んだのである。

町方役人の婚姻でも、たとえば同心の娘が商家に嫁ぐという際には、他の幕臣より町人たちと関わりの深い者たちだということもあり、町人層が行うのと同じようなお見合いが行われたりもした。

こたびは同じ町方役人同士、与力の嫡男と同心の娘の縁組であるが、わざわざ見合いの席が用意された。鉄砲洲《てつぽうず》の内海《うちうみ》（江戸湾）すぐそばに建つ閑静《かんせい》な料理茶屋で、甲斐原佑と関谷茜は正式に顔を合わせたのである。

そしてこれまた当時としては異例なことに、付き添いの者が皆席をはずして、当人たち二人だけで話す機会が設けられた。佑の父親である吟味方与力甲斐原の要望を、茜の父が受けたことで実現したことだった。

双方の付き添いである親や介添え役が席をはずしてしばらくの間は、二人ともに口を閉ざしたまま居心地の悪い沈黙が広がった。勇気を奮ってそれを破ったのは、やはり佑のほうだ。

「突然こんなお話を申し入れて、驚かれたでしょう」

俯いたままの茜は、「いえ」と小さく答える。ちらりと上目遣いに佑を見て、囁《ささや》くような小声で問うた。

「どうして、私のような者にお声掛けを？」

恐れと、抱いてはならないと懸命に自分に言い聞かせてなお捨てられない期待の両方が、滲《にじ》んでいる声に聞こえた。

佑は、心の中でどう話すべきか考えをまとめてから、ゆっくりと口を開いた。

「茜どのが私のことをご存じだったかどうかは知りませんが、私はときにお見掛けする貴女《あなた》のことがずっと気になっていました——いえ、それだけじゃあ、ありませんね。茜どののことは私の友人たちの間でも評判で、勝手ながらよく話に上っていたものです」

これに対して茜がポツリと何か言ったが、佑には聞き取れなかったため、

「え？」とひと言口から漏れた。

茜は俯いたまま、佑の疑問に答える。

「そんな娘じゃありませんと、申し上げました——甲斐原様のご友人がなさるお噂では、私は気立てがいいとか心が綺麗《きれい》だとか持ち上げられていたんでしょうけど、そんな女じゃないんです。

だから、見も知らぬ男の口車にあっさり乗せられて拐かされてしまうような、軽はずみをしてしまったんです。もし私が甲斐原様のところへ嫁いだりしたら、

『あんな女を嫁にもらうような軽率な男か』と、甲斐原様が周りの皆様から低く見られてしまいます。ですから、私のような者のことなど、どうかご放念くださいまし」

自分を卑下《ひげ》する言葉をつっかえることなく言い切った茜を、佑はじっと見つめた。そして、静かに問い掛ける。

「悔《く》いているんですね」

その穏やかな口ぶりに、茜の視線が上がった。

「悔いているから、そうしたもの言いがおできになる——後悔なさってるなら、また繰り返さないようにすればいいじゃないですか」

「ですが……」

佑は一つ大きく息を吐くと、覚悟を決めて己の内心を吐露《とろ》した。

「正直に言います。茜どのが困ったことになっていると耳にしたときまで、私は確かに茜どのの端麗《たんれい》な容姿《ようし》に惹《ひ》かれておりました。いつもと違う私の態度に気づいた父から問い詰められたときにも、それは変わりませんでした。

けれど、その父に言われて裄沢様のところへ押し掛けて話を伺い、貴女に対する見方が変わったのです——茜どの。言わせていただきますが、貴女が拐かしに遭ったときは、本当に運が悪かった。お父上と気持ちの齟齬《そご》——しかも、あなたにとってみれば理不尽なやり取りでお心が揺らいでいるまさにそのときに、人の心の内へスルリと巧みに入り込むことのできる狡猾《こうかつ》な相手に狙われてしまったのですから」

「それでも、私がやってはいけない軽率な振る舞いをしてしまったことに違いはありません」

「後悔なさってるなら、また繰り返さないようにすればいい——私は、そう思います」

「それでも、悪い噂が流れるようなことをしてしまった私のような者に、なぜそこまで？」

「裄沢様にお話を伺って貴女に対する見方が変わったと申しましたが、ここで実際にお会いして、その新たな考えが正しいと確信を持てました」

「？」

「貴女は、自分は私に相応《ふさわ》しくないとおっしゃったとき、自分を卑下する言葉のみを並べ立てて、『自分が可哀想だ』と内に籠もるようなもの言いをされませんでした。貴女は、ご自身が甲斐原の家に入ったときに、我が家が受けるであろう非難を案じてくれたのです。

自分が今とても苦しい立場に置かれているというのに、しかも差し伸べられた手をそのまま摑めば、今の苦境を逃れて世間的には良い縁に恵まれたと言われるようになるのに、貴女はそれを潔《いさぎよ》しとしなかった——その高潔さに、私は深い感銘を受けました」

「そんな立派なことじゃあ……」

茜は否定しようと顔を上げ、佑が真っ直ぐ見つめてくる視線に耐えられずにまた俯いた。

佑は、茜へ言い聞かせるように語り掛ける。

「今日こうしてお会いできましたから、私のことも少しは知っていただけたかと思います——急ぎません。じっくり考えてもらって結構ですから、多少なりとも前向きに捉えてもらえるなら、これからもっと互いを知る機会をいただければと思います」

俯いたままじっと何かを考えていた様子の茜は、突然顔を上げた。その表情には、何らかの決意が漲《みなぎ》っているように佑には見えた。

「甲斐原様」

「はい……」

「私のような者に過分なお言葉をいただき、本当にありがとうございます。甲斐原様とご縁が結ばれるならこれ以上何も望むべきでないのは十分判っているのですが、もし叶うならば、一つだけどうしてもお聞き届けいただきたいお願いがあるのですが」

その真剣な表情に、佑も気持ちを引き締める。

「聞かせてください。どういったことでしょうか」

促されて茜が口にした願いは、佑にとって予想もしていないことであった。

そこから、甲斐原家の嫡男と関谷家の娘の縁談は急速に進展した。

関谷家にすれば娘の事情を抜きにしてもこれ以上ない良縁であり、話を進めるのにわずかも異を唱えるようなことはない。もう一方の甲斐原家は、茜に対し期待し得る以上に好意的な態度を示し、鷹揚《おうよう》に段取りを進めていった。

茜と佑も、あれからも何度か顔を合わせて話をしているようだ。

裄沢にすれば、ようやく肩の荷を下ろせた気分になれたのである——まだ残る、些細《ささい》な懸念を除いては。

九

夜半に厳しい冷え込みがあった翌日、非番により家の居間兼茶の間でのんびりしていた裄沢の前に、下男の茂助が顔を出した。

「旦那様」

「？　どうかしたか」

「ちょっと表で」

「そう言えば、何か騒がしいようだな」

「お隣の関谷様のところで、騒いでおる者がいるようです」

「関谷家に乗り込んで騒ぎを起こしていると？　相手が誰か判るか」

茂助はわずかに躊躇ってから返事をしてきた。

「聞こえてきた声からしますと、甲斐原様のところより先に縁組を申し入れて断られたお相手のようで」

「南町の孫田とか言ったか……当人か？」

「はい、たぶん」

それを聞いて、裄沢は立ち上がった。

「どうなさいますので」

「出掛ける支度を」

「……どちらまで？」

茂助にしては珍しく、突っ込んだところまで問うてくる。あるいは裄沢が隣の騒ぎに首を突っ込んで、余計な怪我をするようなことを案じているのかもしれない。

「ちょいと室町さんと約束してるんだ」

そう言いながら寝所《しんじょ》に戻っていった裄沢は、羽織を纏《まと》っただけでなく腰の脇差以外に大刀も手に携《たずさ》えていた。室町との約束の刻限まではまだだいぶあったが、隣家で騒ぎが起こったのがこの日だったのは、自分たち——すなわち孫田以外の皆——にとって好都合だった。

「では、行ってくる」

断って戸口に向かう裄沢を茂助は微妙な顔つきで見ていたが、余計なことは言わずただ「行ってらっしゃいませ」とのみ応じて送り出した。

裄沢が家から表の道へ出ると、ちょうど隣家から男が一人出てくるところだった。戸口を出た辺りから聞こえてきたやり取りによれば、苦情を並べ立てても相手にされず、捨《す》て科白《ぜりふ》を吐いて帰っていくところらしい。

憤然と家から出てきた小男は、四十過ぎの貧相な面《つら》つきをしていた。着ている物も皺《しわ》が目立ち薄汚れて、見すぼらしさを際立たせている。

怒りが収まらぬのか、小男は関谷家の前でバッタリ出くわした裄沢を睨みつけてきた。

知らぬふりをして通り過ぎれば、何ごともなく終わったであろう。が、裄沢はあえて声を掛けた。

「何やら、騒がしい様子にござったな」

男は、厳しい顔つきのまま裄沢を直視する。

「そなたには関わりのないこと。詮索《せんさく》無用」

ぶっきらぼうにそう叩きつけてきた。

裄沢は、相手の怒りなどまるで感じてはいないように穏やかに返す。

「はて、関わりはありませぬか——関谷家の茜どのの縁組が調うのにひと役買ったそれがしとしては、全く関わりないとは思っておらぬのですが」

そう言われて、小男は改めてまじまじと裄沢の顔を見てきた。

裄沢は相手に正対して告げる。

「それがしは、北町奉行所用部屋手附同心の裄沢広二郎です——孫田作左衛門殿にございますな」

「そなたが、裄沢……」

孫田の目は、まるで憎い仇《かたき》を見るようだ。裄沢は構わず続ける。

「茜どのの縁談は、そこもととは関わりなきところですでに成立しております。悪足掻《わるあが》きは見苦しいだけ、ご自身の評判をさらに落とす結果にしかなりませぬ。もうおやめなされ」

「先に申し入れたはこちらぞ」

孫田の主張に裄沢は失笑する。

「犬猫をもらい受ける話ではなし、どちらが先かなど問題にもなりませぬ。婚姻は家と家とのつながりなれば、両家の繁栄に最も寄与する縁《えにし》が選ばれるのは当然のこと」

南町で鼻つまみ者扱いされている孫田と、北町でも評判高い吟味方与力を父に持つ佑では比較にもならない。孫田は裄沢を睨みつけるばかりだ。

　裄沢はさらに言葉を重ねて駄目を押す。

「それに順番を言うのであれば、そこもとより先に申し入れていたところがいくつもございましたぞ。それらの家は差し置いて、そこもとのみが『我のほうが先だ』と順番を主張できる謂《い》われが、いったいどこにありましょうや。

　それとも、そこもとの家と婚姻を結ぶと、はっきり関谷殿がお約束でもされていましたかな？」

「要らぬ口出しをしおって。お節介で余計なところへしゃしゃり出るような輩《やから》は、そのうちに痛い目を見ようぞ」

　これを言わせるために、裄沢はあえてこの場に出てきたようなものだった。

　裄沢が口出しせずとも、もはや茜と佑の縁談が覆《くつがえ》されるようなことはあるまい。しかし、孫田のような男に怒りを抱かせたまま放置しておけば、いつどのような形で憤懣《ふんまん》を爆発させるか知れたものではない。

　万が一そうなったときに、狙われる先を茜から少しでも逸《そ》らしておこうというのが、こたびの裄沢の行動の理由だ。

　裄沢の言動によって茜の代わりに自分が何らかの害を受けようとも、茜の無事が確保されるならば構いはしない――それが、亡くした己の娘の代わりとも見なす茜に対する裄沢の情愛なのである。

もっとも、たとえそうなったとしても、孫田ごときに簡単にやられるつもりなど裄沢にはさらさらないのだが。

捨て科白を残して去ろうとする孫田の背に、裄沢はさらに声を掛ける。

「それがしはこれから出掛ける用向きがござりましてな」

孫田にはどうでもよい話題のはずであったが、思ってもいないことを言われた孫田はつい振り向いてしまった。

相手が食いついたと見た裄沢は、素知らぬふりをしながら淡々と続ける。

「日本橋へ出て、播州屋《ばんしゅうや》と常盤堂《ときわどう》を順に訪ねるつもりでござる」

播州屋は蒲団《ふとん》問屋、常盤堂は仏具屋で、二軒の距離は相当離れているが、いずれも日本橋で商いするあまり大きくはない見世である。

「なっ、お主それをどこから」

目を剝《む》いて問うてきた孫田の驚きは本物であろう。

「なに、これでもそれがしは定町廻りをはじめとして外役をいくつもこなしてきましたからな。それなりに町家との付き合いもあるのですよ」

「……そなた、それらの見世で何を言うつもりだ」

探る目になった孫田が低い声で訊いた。

「何をと言われても――ただ世間話のついでに、訊かれたことに答えてこちらの知るところを教えてくるだけですが」

「……」

ただ睨みつけるだけで言葉もない孫田の脇を、裄沢は「では失礼」と述べ表情を変えずに通り過ぎた。

そのまま振り返ることなく真っ直ぐ孫田から離れていったが、背中に貼り付く視線は角を曲がるまで離れなかったようだ。

孫田は御家人株を商家に売るとして金を得ていたが、その相手先が播州屋と常磐堂だった。孫田は御家人株の売り先として二股《ふたまた》を掛けていたのだ。

いずれ孫田の所業は二つの見世の両方にバレたであろうが、この男はおそらく、その前にどちらかと養子縁組を済ませてしまう魂胆《こんたん》だったのであろう。そうなってしまえば、倅を養子に出せなくなって騙《だま》されたと怒鳴りつけてくるほうには、倅を養子に出したほうの見世に金を払わせて、後始末を押しつけてしまうのだ。

倅を養子に出したほうの見世にしても、もう一方の見世からの苦情によって孫田の家が危うくなってしまったのではせっかく養子縁組した意味がなくなるから、渋々でも当初の心づもりを大きく超えた金を出さざるを得まいという算段でいるはずだ。

ところが、まだ正式な養子縁組の手続きに入っていない今の段階で企みがバレてしまえば、孫田の謀《はかりごと》は脆《もろ》くも崩《くず》れ去《さ》ってしまうことになる。

二股を掛けられていたと知った二つの見世はいずれも、信用のならない孫田から「間違いなくお前のところから養子を取る」と言われても、肯《がえ》んぜずにこれまで注《つ》ぎ込《こ》んだ金を返せと強硬に申し入れることになろうと予想できる。なにしろ孫田の言うとおりにして倅を養子に入れてしまえば、もう一方の見世を黙らせるために、これまで注ぎ込んだのと同じか、あるいはそれ以上の金が新たに出ていくことになるのは明らかなのだから。

これで、孫田にはもはや、茜との縁組をどうこう言っていられるような余裕はなくなる。孫田がこの難局を大過なく乗り切れるとは思えないが、仮にどうにか上手く片付けられたとしても、そのころにはもう茜と佑の縁談はしっかり纏まった後で、口の出しようなどいっさいなくなっているはずだ。

まあ、裄沢が簡単に論破したように、もともと口出しできる筋合いなどありはしないのだが。

それでも、取っ掛かりすらなくなるという意味では十分効果がある。そしてもう一つ。

孫田の筋違いな恨みは、ますます関谷家から裄沢のほうへと傾注《けいちゅう》していくことになる。これで、完全に裄沢の思惑どおりになったと言えるのだった。


悪い評判の立っている孫田が養子を迎え入れる相手として、大店《おおだな》が名乗りを上げるとはとうてい思えない。かといって、あまり大きくない見世と話をつけて前借りをしているにしては、孫田の遊びが派手で、かつ長続きしすぎている。

――では孫田は、どこからどうやって金を引き出しているのか？

その疑問を解消する答えとして、二股を掛けているのではという思いつきが浮かんできたのだ。

播州屋や常磐堂のことを調べ出してくれたのは、臨時廻りの室町である。室町はあまりにも身勝手なもの言いをする関谷を見放したはずだったのだが、それでも茜を案ずる裄沢のために密かに動いてくれたのだった。

あるいは、あの吟味方与力の甲斐原が倅と茜との縁組を進めていると知って、関谷はともかく茜を見直すように考えを変えたのかもしれなかった。

いずれにせよ茜にとっても裄沢にとっても、願ってもない助力が得られたのである。

――それにしても、こたびはほとんど手も足も出なかった。

裄沢は、まだ孫田がいるであろう組屋敷に背を向けて歩きながら、心の中で嘆《たん》息《そく》した。

茜が拐かされたと知ったときには救け出すため全力を振るったが、そもそも己のせいで危うい目に遭わせたことには当初全く気づけなかった。救け出した後の茜に悪い評判が立たぬよう、できる限りの配慮をしたはずが、実際には何の効果も上げることはなかった。

そして苦境に陥った茜に対して、救いの手を差し伸べたのは甲斐原家の嫡男であって、己は歯《は》嚙《が》みをするばかりで手も足も出ずに終わったのだ。

――まぁ、いいかげん薹《とう》の立った俺は、もう若い娘とは金輪際《こんりんざい》縁がないってことだろうな。

歩きながら、独り苦笑いを浮かべる。

――さて、室町さんとの約束の刻限まで、どうやってヒマを潰そうかな。

室町は、播州屋と常磐堂を同じ場所に集めてくれることになっている。今朝の騒ぎがなくとも、衎沢はそこで孫田の企みを洗《あら》い浚《ざら》いぶちまけるつもりだった。

これで、孫田は身動きが取れなくなる。とてものこと茜との縁談にかまけている余裕はなくなろう。

そして、一切合財《いっさいがっさい》をご破算にされた憎しみは、他ではなく真っ直ぐ衎沢に向かうはずだ。

——来るなら来い。存分に相手をしてやる。

衎沢は胸を張り、前を見据えて次の一歩を踏み出した。

十

播州屋と常磐堂に孫田の魂胆をバラすという衎沢の計画は図に当たった。用件を告げられることなく室町に呼び出された見世の主二人は、そこに衎沢という普段着姿の見知らぬ同心も伴われてきたことで、ますます困惑することになった。

しかし、衎沢が開口一番放った言葉で、そんな困惑などは一瞬で吹っ飛んでしまった。

「こちらからの呼び出しによく応じてくれた。互いに面識はなかろうが、今日呼んだそなたら二人は、いずれも南町奉行所同心の孫田殿から、倅を養子にと求められているご同輩だ」

一瞬耳を疑ったが、自分だけでなく一緒に呼び出された商家の主も驚きのあまり目を瞠《みは》っているのを見れば、嘘や事実誤認がないのは明らかだった。

裄沢から「二股を掛けた孫田がどう収拾するつもりだったか」との予測を聞かされた二人はさらに怒りを募《つの》らせる。

そして裄沢から十二分に知恵をつけられた上で、二人揃って孫田のところへ乗り込んでいったのだった。

二人は裄沢から、「己一人だけで孫田と交渉しようとするな。特に『そなただけ』などと甘い言葉を掛けられても信用してはならぬ。自分だけの折に孫田から何か言われたなら、必ずもう一人のご同輩と相談して対応を決めよ」と念を押された。

二股を掛けられているなどとは思ってもいなかった二人は、裄沢の話に大いに得心したのである。

上手いことを言って二つの商家から金を引き出していた孫田は、肩を並べるようにしてやってきた二人にまともな弁明ができなかった。どうにか切り離して個別で誤魔化そうとしても、裄沢に知恵をつけられ眉に唾《つば》して孫田の言うことを受け止める二人には全く通用しなかったのだ。

どちらを養子にするのか、できないなら、できないほうにはこれまで注ぎ込んできた金に、詫び銀（慰謝料）分の色をつけて返せ。そしてどちらの倅を養子にするにせよ、養子縁組が調った暁には組屋敷から出ていってもらう――そう迫られて、孫田は進退に窮してしまう。

とてものこと、茜との縁組どころの話ではなくなってしまった。二人の商人を早いこと上手く丸め込まないと、苦情が南町奉行所へ行って己の首まで危うくなってしまいかねない。

金策に困った孫田は、茜への縁組を申し入れる際に使った関谷左京之進の実兄に、「縁組のことはもうよいから代わりに金の工面《くめん》を」と申し入れた。

関谷の実兄とてただの町方同心。特に役得のあるお役に就いているわけでもなく、三十俵二人扶持の薄給では貸せる金もない。実兄は関谷家へ赴《おもむ》くと「縁談の申し入れは撤回するから代わりに金を」と無心したのだった。

「今の身共は兄上の弟である前に関谷の家の当主で在らねばならぬ立場です。日ごろから兄としていろいろ気に掛けてくださっていたならまだしも、こちらの足下を見て無理筋の縁談を強要し、それを取り下げる代わりに金を出せとはあまりにも無体な話。以後のお付き合いは御免蒙りとう存じます」

関谷はそうはっきりと告げて、己の実兄を追い返した。孫田と茜との縁談を持ち掛けられたときとは、人が変わったような毅然《きぜん》とした態度だった。

実は、関谷が実兄に頭の上がらない理由の一つであった「関谷家へ養子に入れるのに散々苦労した」というのは、真っ赤な嘘だった。実子のいなかった関谷家の先代夫妻は左京之進の養子入りをその実兄に懇願《こんがん》し、持参金を求めなかったばかりでなく却って少なくない金を払っていたのだ。

それを左京之進の実兄は、左京之進へ恩に着せるために苦労話をデッチ上げて、繰り返し語っていたのだった。関谷左京之進は、その話を裄沢たちから事前に知らされていたのだ。

これも、美也が調べ出してくれた噂話について室町ら廻り方が裏付けを取ってくれてできたことだった。

関谷家と甲斐原家との間で結納《ゆいのう》が取り交わされた後、茜は招待を受けて甲斐原家を訪問することになった（当時の結納の品は仲人《なこうど》が相手先へ納め、当人や親は同行しない）。

緊張する茜を、甲斐原家の面々は皆が出迎えて歓迎した。その中には、家族ばかりでなく奉公人の姿もある。

顔を強張《こわば》らせ紹介される人々をろくに見ることもできずにいた茜に、奉公人の一人が進み寄り、すぐ目の前に立った。

「お嬢様」

聞き憶えのあるその声に、俯《うつむ》け気味だった茜の視線が上がる。一瞬自分の目を疑ったが、その瞳《ひとみ》が捉えたのは、そうであってほしいと願った当の相手だった。

「！　……………」

感極まった茜は、声を発することもできなかった。

――「もし叶うならば、一つだけどうしてもお聞き届けいただきたいお願いがあるのですが」

甲斐原家の嫡男である佑と初めて正式に会った見合いの席で、茜は望外の申し入れを受けた。佑は、軽はずみな振る舞いで八丁堀界隈に自ら悪い噂を呼び込んだ茜を、外見ではなく人柄で選んで嫁に迎えたいと言うのだ。

北町奉行所でも名うての名与力として評判高い当主の嫡男ともなれば嫁など選《よ》り取り見取《どみど》りのはずなのに、こともあろうに簡単には消えないだろう汚名が貼り付いた茜をわざわざ望んでくれたのだった。

これ以上の幸運はないはずだ。本当ならば、余計なことは何も言わずにただ頷けばよかった。

それでも、茜は両腕を広げて迎え入れようとしてくれる人に我儘《わがまま》を告げた。出過ぎたマネで思い上がった行為だと受け取られても仕方がないのは自分でも判っているし、これでせっかくの良縁《おはなし》がなくなってしまうかもしれないけれど、どうしても求めずにはいられなかった。

「どういったことでしょうか」

佑は、眉を顰めることなく真剣な顔で耳を傾けようとしてくれた。

「たいへんなときに私のような者のことまでお気に掛けていただき、本当にありがとうございました。またお嬢様のそばで——今度こそずっと、仕《つか》えさせていただきます」

甲斐原家に招かれた茜の前に進み出てきた女の奉公人は、目に一杯涙を溜めてそう言ってくれた。

「お末……」

お末は、茜が拐かされたとき供をしていた関谷家の下女だった。必要な際には茜をきちんと窘《たしな》めるなど当人の行動に咎められるべきところはなかったのだが、それでもあのような結果になったことで関谷家を辞めさせられていたのだ。

後からそれを知った茜は大いに憤慨し、自分をさらに強く責めもしたのだが、家に迷惑を掛けて身を慎んでいなければならなかったため、お末のことを気に掛けつつもどうにもしてやれなかった。

だから、自分だけ救われるということにはどうしても納得ができなくて、佑に思い上がった願いを告げたのだ。

その想いを、甲斐原家の人々は真摯《しんし》に受け止めてくれた。関谷家を奉公構《ほうこうがま》い（解雇）となったお末を、筋をきちんと通した上で自分のところで雇い入れてくれていたのだった。

お末の両手をしっかり握り締めた茜は、ただひと言相手の名前だけしか言葉にできないまま、ポロポロと涙を流した。

「これからは、お嬢様ではなくて若奥様ですね」

自分の発言を訂正しながら笑ったお末の目からも、涙が零《こぼ》れた。

皆の前で泣きながら手を取り合う二人を、佑は「やはり自分の判断は間違っていなかった」と満足を覚えつつ、声を掛けるのはしばらく控えて温かく見守るのだった。

第三話　小日向心中《こびなたしんじゆう》

一

詮議に掛けた咎人がいよいよ罪状濃厚となれば小伝馬町の牢屋敷に収監されるのだが、そのために必要な入牢証文《じゆろうしようもん》を発行するのは御用部屋の役目であった。

裄沢はある咎人の入牢証文を届けるために、吟味方の詰める吟味所へ出向いたところだ。

「おう、裄沢さん」

吟味方同心の一人に持ってきた証文を手渡したところで、奥から声が掛かった。

吟味方与力本役の甲斐原が、席を立って自分のところへ歩み寄ってくる姿が見えた。

「これは、甲斐原様。先日はありがとうございました。それに、ご子息の縁談が調ったとのこと、真《まこと》におめでとうございます」

丁寧に頭を下げた裄沢に、甲斐原は「ありがとよ」と笑顔を見せた——が、すぐに真顔《まがお》になる。

「ちょいと、いいかい」

問い掛けて返事も聞かずに吟味所を出る。裄沢は、無言でその背に従った。

甲斐原が向かったのは先日と同じ三の間。まだ午前《ひるまえ》だからお奉行は登城中で、吟味方によるお白洲を使った詮議も行われていないのは、その本役である甲斐原なら当然承知のことなのだろう。

「何かございましたか」

問いながら、裄沢の胸には茜と佑の縁談のことで懸念でも発生したのかという不安が過《よ》ぎっていた。

その表情から裄沢の心配を読み取った甲斐原が「ああ、倅の縁談のことじゃねえよ」と打ち消してくる。「それでは何が？」という表情を浮かべた裄沢へ、難しい顔になって問い掛けてきた。

「お前さん、ふた月半ほど前《めえ》の小日向《こびなた》の心中《しんじゅう》騒ぎのこたぁ、いろいろ聞いてるかい」

「茶の湯の弟子が宗匠《そうしょう》の妾《めかけ》を刺し、自分も喉《のど》を突いて死んだという一件ですか――あの件に何か疑念でも？」

わざわざ他人のいないところまで連れ出して言ってきたことだから、ただの雑談とも思えないが、かといって、かなり以前に決着がついている一件をなぜ今さら吟味方本役与力が持ち出してきたのか、と疑問を覚えながら裄沢は問うた。

「いや、廻り方の調べどおり、弟子と妾による覚悟の相対死《あいたいじ》にであることたぁ、間違いねぇんだが」

近松門左衛門《ちかまつもんざえもん》の浄瑠璃芝居《じょうるりしばい》が大評判を取ったことなどにより、いわゆる『心中もの』が演劇として持《も》て囃《はや》されたばかりでなく、自分らを悲劇の主人公になぞらえて、現実にそうした行為に及ぶ者たちも増加したとされる。こうした世情を憂《うれ》えた当時の将軍吉宗《よしむね》は、「心中」という情緒的《じょうちょてき》な言葉自体が流行の一因だとして、「相対死に」と呼び変えるよう命を発した。

それからときが流れた今の時代、下々《しもじも》の者は「心中」という言葉をごく当たり前に使い続けており、甲斐原も裄沢も何の差し障りも感じることなく口にしたのだが、甲斐原は幕府中興《ちゅうこう》の祖《そ》と尊崇《そんすう》される三代前の将軍のお達しを途中で思い出し、律儀に遵守《じゅんしゅ》せんと言い直したようだ。

「それでは、何を……」

甲斐原は、言いづらそうに頬をポリポリと掻《か》いた。

「実ぁな、心中した二人のうち弟子のほうが、南町《みなみまち》奉行所の与力の三男坊でな。その与力やってる父親《ておや》が、どうにも納得がいかねえってんで、おいらのところを訪《たん》ねてきたと思いねえ」

「……しかし、心中であることは明らかなのでしょう。それを丁寧に説明して差し上げれば――」

「いや、父親のほうも、心中自体が見立て違いだと思ってるワケじゃねえんだ――あの御仁が引っ掛かってるなぁ、なんで倅がそこまで思い詰めたのかってことのようだ。

まあ、親の欲目ってヤツもあるだろうし、却《かえ》って親だからこそ当人の気質に気づかねえってことだって、ねえとは言えねえんだけどな」

「心中した経緯《いきさつ》に疑念を覚えていると？

……確か、妾と弟子が恋仲になっているのを宗匠は勘づいており、町方与力である弟子の父の了承さえ得られれば、いずれ二人を娶せる《めあわ》つもりで、このところは妾を閨《ねや》にも呼んでいなかった。ところが弟子と妾の二人は宗匠の情けに気づかず、妾が子を孕《はら》んだのをきっかけに死を選んだとか」

「弟子の父親は、倅が深く考えることもなく、早まった行動に出たってのがどうにも解《げ》せねえようだ」

「歳若な者なれば、その折の状況や心情次第で不意の衝動に突き動かされる、ということもあり得ましょうが」

　桁沢の目からも歳の割にしっかりしていると思えていた茜すら、あのような軽率な行動に出ている、という過日の出来事が、頭に浮かんでの言葉だった。

「父親の目からは、それだけ慎重で思慮深い男に見えてたんだろうな」

　師匠の妾とデキてしまった時点で、慎重さや思慮深さの程度は知れると思ったが、さすがにそこまでは口にしない。

　甲斐原も桁沢の内心には気づいているであろう。苦笑いしながら本題に入った。

「まあ、真相がどうあれ、その父親が得心すりゃあ、そいでいいんだ」

「それを、それがしに調べよと？」

「おいらが動けりゃあいいんだけどな、廻り方がきっちり調べ上げた一件に吟味方の本役が口を出すなぁ、さすがにどうかって話でよ。その点お前さんなら、廻り方の面々からの受けもいいしな。何とか頼めねえかと思ったんだ」

心中は幕法で禁止されており、たとえ一方だけでも当事者が生き残ったならば罪に問われるが、男女ともに死亡している以上はお縄になる者はいない。咎人の取り調べを担当する吟味方は、本来ならば出る幕のない案件なのだ。

いかに甲斐原とはいえ、そんな一件に首を突っ込めば廻り方からいい顔をされるはずはない。今後も良好な関係を維持していこうとするなら、容易に手出しはできないはずだ。

同様のことは三男坊を亡くした南町の与力にも言える話で、月番《つきばん》の北町が心中で調べを終えているところへ、核となる部分への疑義ではなくとも、余計な差《さ》し出口《でぐち》をするのは控えて当然のことだった。

だからこそ、悩んだ末に内々で甲斐原を頼ったのであろうが。

終わった一件に口を差し挟むのは、たとえ廻り方との関係が良好な裄沢でも歓迎はされないだろう。それでも、茜の縁談をはじめいろいろと借りのある甲斐原からの頼みとあらば、裄沢としては否《いな》やはない。

しかしながら、即決で受けるにはまだ支障があった。

「甲斐原様には日ごろからたいへんお世話になっておりますし、二つ返事でお受けしたいところですが、それがしが廻り方からどう思われるかはともかく、内役《うちやく》(内勤)である用部屋手附では、廻り方の仕事へ勝手に手を出そうにも管轄外とされるのではという懸念がありますが」

持って回った言い方になったが、要するに「上役に認めてもらえなければ職場である御用部屋を長いこと空けてはおけない」という話だ。

甲斐原は示された懸念へ明快に答える。

「ああ、そいつぁ心配《しんぺえ》しねえでいい。南町の与力からの依頼に、北町《うち》の小田切様の内諾《ないだく》を得てお前さんに命が下るっていうことになるからよ」

いつの間にそんな話になっていたのかと呆れ返ったが、上役である内与力が承知するのならそれでいい。お奉行の命とあらば、廻り方も裄沢へさほど嫌な顔はすまい。

「委細《いさい》承知しました。どれだけご期待に添えるかは判りませぬが、一生懸命やらせていただきます」

「なぁに、お前さんで埒《らち》が明かねえなら、父親が疑問に思ってることなんぞは実際にゃあ欠片《かけら》もなかったってこったろうさ——それから、こたびも含めてお前さんに借りがあるなぁ、おいらのほうだ。何かあったら、いつでもいい。遠慮しねえで言ってきな」

甲斐原はそう返すと、「頼んだぜ」と気さくに肩を叩いてきた。

裄沢は一礼し、甲斐原に伴われた三の間を後にした。

「おう、戻って参ったか」

裄沢が御用部屋へ戻ると、内与力の唐家が待ち構えていたように声を掛けてきた。すでに隠居していても全くおかしくないほどの老齢だが、唐家が内与力になったのはつい数カ月前のことである。

全員が幕臣身分の町方与力同心の中で、内与力だけは幕臣である町奉行の家来が就くお役なのだが、唐家はお奉行の家の家令《かれい》と兼任で内与力も任されることになった人物だった。

内与力の定員は三人であるところ、現在北町奉行所にはこの唐家と先任の深元の二人しか内与力はいない。その二人で、唐家は奉行所内の仕事、深元は外との折衝《せっしょう》が中心と役割を分担しているようで、このところ御用部屋では唐家が席にいることが多かった。

お奉行である小田切《おだぎり》家の家令を長年勤めてきたからには、余所《よそ》との折衝のほうが得意かとも思われるのだが、どうやらお奉行の個人的な付き合いと町奉行としての公的な付き合いを兼ねるのは都合が悪いらしい。そこで、今ひとつ不慣れなはずの奉行所内の仕事に従事しているということのようだった。

その結果、用部屋手附の最古参というわけでもない裄沢がいろいろと頼られるのは勘弁してほしいところなのだが。

「ただ今戻りました。入牢証文は担当の同心に直接手渡してきましたので」

部屋を出るまでやっていた仕事の続きに黙って入ろうかと思っていたのだが、声を掛けられたとなれば仕方がない。数歩近づいて、頭を下げながら帰着の報告をした。

唐家は、そんなことは聞くまでもないとばかりに自身の関心を口にする。

「して、甲斐原殿から話は聞いたか」

――なるほど。俺が入牢証文を持たされたのは、すでに内与力《こっち》まで引っくるめてそういう段取りが出来上がってたからかい。

胡乱《うろん》な目つきにならぬよう気をつけながら、「はい」とのみ応ずる。

「まあ、用部屋手附本来の仕事ではないが、そういうことだからよろしく頼む」

つい最近、定町廻りの不正が疑われた件での内密の調べに、裄沢が指名されたことがある。その際、引き受けさせるまで大いに抵抗されたことを憶えていて、こたびは裄沢が断りづらい甲斐原を巻き込んだのかという疑いが生じた。

まあ、南町の与力が相談を持ち掛けてきた先が甲斐原だったというから、これは勘ぐりすぎなのであろう。ただ、甲斐原が関わったことは唐家らにとっても好都合だったのかもしれないが。

黙って目を向ける裄沢に、唐家は言葉をつなぐ。

「甲斐原殿を介してではあったが、南町与力の中屋銑十郎《なかやせんじゅうろう》殿からの依頼とあらば、こちらとしても無下《むげ》にはできんでの」

「その中屋様というお方は、さほどに？」

「ああ、南町の吟味方本役で、北町《うち》で言えば坂口《さかぐち》殿に相当するようなお人よ。つい先日交代するまで筆頭与力をやっておったと言うから、むしろ坂口殿より上かの」

坂口伊織《いおり》は吟味方の中心人物というばかりでなく、北町奉行所全体でも最古参の部類に入る。南町でこれに相当するとなれば、すでに筆頭与力を降りたとはいえ、向こうの与力同心の中でも一、二を争う実力者ということになろう。

南北の町奉行所をはじめ、幕府の機構には同じ機能を持たせたものをわざわざ複数設置する事例が少なからずあるが、これは戦《いくさ》がなくなり戦闘要員としての役目を失った幕臣の仕事場をできるだけ多く用意するという以外に、別な目的もあった。それは、単体とせずに直接競合する組織を別に設けることで、互いに競争し監視し合わせ、緊張状態を作って腐敗や堕落《だらく》を抑制しようという意図だ。

南北の町奉行所の間にもこうした競争意識や緊張関係は存在する。しかしその一方で、町方が庶民層の犯罪者を取り扱い死罪を含む処罰を行うために、他の幕臣より「不浄役人」と蔑《さげす》まれる状況から、被差別意識に由来する連帯感も生まれていたのである。

実際、他の幕臣から距離を置かれがちな町方役人は、町方同士での婚姻や養子縁組が非常に多かったが、そこに南北の垣根《かきね》は見られなかった。

町奉行同士の不仲などの理由で例外的な時期もあったが、月番といって新規案件をひと月交替で受け持つことで、緊密な情報共有や連携が欠かせないという事情もあり、原則的には良好な関係を維持するよう双方が気を配っていた。

そんな中での南町の有力者からの依頼である。同情すべき余地も十分あり、できる配慮はしておくべきとの判断がなされたのだろう。

そのぐらいは、説明されなくとも裄沢にも判る。そこで、話を実務のほうへ持っていくことにした。

「甲斐原様からの頼まれごとでもありますし、調べに関わるのは吝《やぶさ》かではありませんが、その間のこちらの仕事はどう致しましょうか」

「ああ、それならば中途半端になっている急ぎ仕事のみそなた自身で片付け、後は水城ら同輩に任せればよい」

あっさりと返答してきたが、近くの席でそれを耳にした水城は聞こえなかったふりをしてそっぽを向いた。後ろ頭しか見えないために表情は覗えなかったが、嫌な顔をしているのはそれでも十分に察せられた。

二

その日は、己本来の仕事ですでに手をつけている物を片付けることに専念しているうちに終業の刻限を迎えた。残った分の引き継ぎを渋々引き受けた水城に別れを告げて奉行所本体の建物を出る。

表門を目の前に左手へわずかに方向を変え、長屋塀の表門脇に設けられた同心詰所に入った。

「おう、裄沢さんかい」

外回りを終えて集まった定町廻りや臨時廻りの面々が、入ってきた裄沢へ顔を向ける。裄沢は、声を掛けてきた室町へということではなく、皆に向かって軽く頭を下げた。

「また皆さんにはご厄介《やっかい》をお掛けします」

他人の仕事に横から首を突っ込むのだ。神妙な態度で臨《のぞ》むのは当然である。

「なに、お前さんも断れねえ頼まれ仕事だ。面倒に巻き込まれたなぁ、おいらたちとご同様だろう」

そう言って受け入れてくれたのは、臨時廻りの筧大悟《かけいだいご》だ。こたびの心中騒ぎがあった小日向が北の境となる城西《じょうさい》方面を担当する、定町廻りの藤井喜之介《ふじいきのすけ》も頷いて理解を示してくれた。

筧は藤井と組むことが多く、心中騒ぎの一件も藤井とともに調べに当たったのだが、他の臨時廻り同様、一人の定町廻りに専属でつくわけではない。隣り合う二つの地域を受け持つ定町廻りたちの手助けをすることもあって、すでに致仕《ちし》（辞職）した元定町廻りの佐久間が小者殺しを疑われた際に、内与力の命により陰で駆けずり回った人物でもあった。

筧も藤井も、裄沢にとっては臨時廻りの室町や柊らほどの親しい付き合いはないが、いずれも裄沢が期間限定で定町廻りを勤めたころからの顔見知りである。

その佐久間の後釜として風烈廻《ふうれつまわ》りからお役替えになった立花庄五郎《たちばなしようごろう》は、なぜか緊張の面持《おもも》ちで裄沢を見つめていた。

裄沢は、「お気遣《あ》いありがとうございます」と礼を述べる。

「裄沢が用が有んのは筧さんと藤井さんの二人だろう。余計な者《はの》がいつまでも居残ってても邪魔んなるだけだろうから、おいらたちはさっさと捌けようかい」

室町の、裄沢を含めた皆への呼び掛けに応じ、他の廻り方の面々が部屋を後にする。

帰宅の挨拶で賑《にぎ》やかだった面々が去り、急に静かになった同心詰所で、残った三人が顔を見合わせた。

「で、まずは心中の詳しい話からでいいかい?」

「話は長くなるでしょうから、とりあえず場所を移しませんか」

筧が段取りを問うてきたのへ、裄沢が提案した。

筧も藤井も異論はない。三人で、裄沢がこうした場合にいつも使う蕎麦屋兼一杯飲み屋へと移動することになった。

「心中したなぁ、小日向で茶道《さどう》を教えてる村上白堂《むらかみはくどう》って宗匠の妾と弟子だ。白堂は元先手弓組《さきてゆみぐみ》で与力格だったってえから、まぁ、町方の与力とそう変わらねえ身分だと考えていいだろ。もう家は息子に譲って隠居の上小日向に住まいを移し、今は茶道師範として雅《みやび》な暮らしを楽しんでるってとこだったようだ」

三人して一石橋袂の蕎麦屋兼飲み屋の二階へ上がり、注文も揃って落ち着いたところで筧が話を始めた。

「そんで死んだ二人のうち、白堂の妾の名はお菊《きく》。牛込赤城下《うしごめあかぎした》の岡場所にいたのを、白堂が目をつけて身請《みう》けしたらしい」

「先手弓組の与力格で、さほど懐《ふところ》に余裕があるものですか」

裄沢の疑問に、筧《うめ》はサラリと答える。

「白堂は教え方が上手えってえんで、嫁入り前の娘に箔《はく》を付けてえお旗本や、そのお旗本へ娘を行儀見習いに出してえ商家の主なんぞから引く手数多《あまた》だそうだ。

家督《かとく》は息子に継がせ自分は別に家を建てて悠々自適《ゆうゆうじてき》ってんだから、まあそれなりに儲《もう》けてるんだろうと思ってたけどな。妾にしたお菊は今年十六ってえから、身請けにもそこその金《もの》は注ぎ込んだはずだしな」

裄沢が話の途中で口を挟んだことを詫びると、筧は気にすることなくその先を続けた。

「心中のもう片割れ、男のほうは、お前さんとこへ面倒な話が持ち掛けられるきっかけを作った南町与力の三男坊で、中屋小太郎《こたろう》。白堂がたった一人だけ受け入れた住み込みの弟子だった。こっちの歳は十五、お菊より一つ歳下だな」

「心中に至るまでの経緯は」

「何がどうなって引っ付いたのかは、知ってる者《もん》がいねえからはっきりどうだとは言えねえが、まぁおんなし屋根の下で暮らしてる若え者《わけ》同士だ。互いに憎からず思ってりゃあ、何かの拍子にそうなったたって不思議はねえさ」

「白堂は、二人の密通に気づいていたと聞きましたが」

「ああ。当人の話によると、小太郎を内弟子にする前後からそうじゃねえかって思うところがあったんだけど、心中の半年ほど前に当人たちが乳繰《ちちく》り合《あ》ってんのを偶然見ちまって確信したそうだ。

けど、二人にゃあ気づかれねえように、そっとその場を後にしたって言ってる」

「妾と内弟子、立場は違えど両方ともに自分が懐に入れて親身に世話をしてきたのに、手酷《てひど》く裏切られたとは感じなかったのでしょうか」

これに答えたのは藤井のほうだ。

「さあ、そこは人物が出来てんのかどうか。小太郎の親から承諾さえ得られれば、いずれ二人を娶せるつもりだったってえからな」

「もし白堂から小太郎殿の親である南町与力の中屋様が相談を受けていたら、二人の仲を認めたと思いますか？」

「うーん。正直なところ、中屋様のほうにゃあ、あんまし突っ込んだ話はしちゃいねえんだ。なにしろ、二人が心中で死んでるってことに疑うべきところが一っつも見つからなかったからなぁ」

三男坊の死に疑いを抱いている中屋だが、心中の理由が「父親に自分たち二人の仲などとうてい認められまいと絶望したからでは、という目もあるかも」との考えから発した問い掛けだったが、筧らの証言からは検証する材料が得られないようだ。

まあ、筧らにとっては「二人は心中で間違いない」となったところで廻り方として調べるべきことは完了しているから、仕方のないことではあるのだが。

「心中した二人の状況はどのようなものだったのでしょうか」

心中という判断そのものを疑っているように聞こえかねないもの言いではあったが、筧も藤井も気にした様子はない。さらりと問いに答えてきた。

「小日向の辺り、神田上水《かんだじょうすい》の北側にゃあいくつもの寺が固まってるとこが点在してんだが、その一つに水神宮《すいじんぐう》を鎮守社《ちんじゅしゃ》とするところがあってな。二人が心中したなぁ、そのお社《やしろ》の中にある池の畔《ほとり》だ」

八百万《やおよろず》と称する多数の神々の存在を前提とした神道《しんとう》を信仰してきた日本人は、他の宗教の神様についても寛容（無節操？）で、本来他教の神であったものも自分らの宗教《しんとう》に取り込んでしまう柔軟性を古来より示してきた。

ところが、その後に伝来してきた仏教は、簡単には吸収してしまえないほど影響力が大きかった。余計な混乱を起こさないようにするならば存在を認めるしかないが、棄教《すてる》することのできない旧来の神道といがみ合わずに共存するための方策として当時の為政者《いせいしゃ》や宗教家が選んだのは、双方の存在をいずれも認める代わりに、両者の間の垣根をできるだけ低くする途だった。

具体的には一方の教えの中に他方の考え方や行事を取り入れたりしたのだが、これを実行するための祭事施設《さいじしせつ》として、寺の中に神社（鎮守社）が、また神社の中に寺（神宮寺《じんぐうじ》）が建立《こんりゆう》されたのだ。

すると、参拝者は神社（もしくはお寺）にお参りしたついでにお寺（神社）にもお参りすることになる。こうして民衆の間には、深く考える必要もなく「両者が対立する存在ではない」という意識が自然に醸成《じようせい》されていったのだった。

　筧の話は続く。

「二人ともに『南無阿弥陀仏《なむあみだぶつ》』って墨《すみ》で書き込んだ白無垢《しろむく》姿で、小太郎はお菊の胸を刺した後、手前も首の血脈《ちみやく》を掻《か》き斬《き》った様子だった。いずれもほとんど即死だったようで、着てる物にもあんまり乱れはねえから、後で誰かが着替えさせたような不自然なところは見当たらねえと、すぐに判断できた。死体《ホトケ》さんに、抗《あらが》ったときにつくような妙な傷や痣《あざ》なんかもなかったしな。

　白無垢に着替えたなぁお宮さんの裏っ側で、そこに二人分の着物がきちんと畳んで置かれてたよ──まぁ、ありゃあ、どう見たって覚悟の心中で間違いはねえよ」

　それなりに経験豊富な筧がはっきりと断言した。

「白堂は、二人のことに気づいてから、お菊を閨に呼ぶのも控えていたと聞きましたが」

「ああ、そいつも確かなようだ。白堂の身の回りの世話ぁしてる下女がそう言ってたからな――なに、蒲団干しや部屋の屑入《くずい》れの芥出《ごみだ》しなんぞしてりゃあ、前の晩にナニをしてたかどうかなんて、一目瞭然《いちもくりようぜん》だろ」

最後のひと言は、裄沢の疑問を感じ取ったための追加の説明である。

これには、裄沢も苦笑いを浮かべながら頷くしかなかった。

「妾と弟子が引っ付いたのを察してながら情けを掛けようとした師匠だってんで、白堂の評判はますます上がって商売も繁盛ってとこじゃねえか――まあ、師匠の情けに気づけず若い二人が死んじまったてぇ同情を誘う悲恋《ひれん》が、また話に色を添えてるんだろうけどな」

藤井の付け加えたひと言が、なぜか裄沢の耳にいつまでも残った。

三

小太郎とお菊の心中を扱った廻り方二人から話を聞いただけで、どうにかなるものではない。死んだ二人に関わる人物にも、できるだけ当たる必要がある。

裄沢は、まずはこたび再度の調べを行うきっかけを作った南町の与力を訪ねることにした。一面識もない自分だけで乗り込んでも満足に相手をしてもらえるかが不明だったので甲斐原に同席を頼んだところ、「こっちが余計な仕事を振ったんだから」と即座に快諾してくれた。

南町の中屋とは、日本橋から東海道につながる大通り沿い、南北の町奉行所の中間よりはだいぶ北町奉行所に近い、通町《とおりちょう》三丁目の料理茶屋で会った。

裄沢が内与力だった倉島と衝突したとき、お奉行に呼び出された場所である。このたびも、この茶屋を選んだ背後には北町のお奉行の気遣いがあったのかもしれない。

甲斐原に伴われた裄沢が面談の場に到着したとき、先方の与力はすでに先着して座敷で待っていた。

冒頭のやり取りは甲斐原との間で行われるから、裄沢は自分から待たせた詫びを述べることはない。ただ、甲斐原の言葉に従い一緒に頭を下げるだけだった。

南町の中屋銑十郎は五十を過ぎていると思われ、すでに隠居していてもおかしくない歳に見えた。死んだ小太郎は三男坊とのことで、兄姉《きょうだい》からは遅れて中屋が歳を取ってから出来た子だとすれば、大いに可愛がられていたのかもしれない。

ただ、中屋は頬がこけ目の下に隈《くま》ができているなど隠しきれない憔悴《しょうすい》が顔に表れており、そのため実年齢より老けて見えるのかもしれなかった。

裄沢は甲斐原から紹介を受け、水を向けられてからようやく本題に入った。

「何があったかを探るためということですので、不躾《ぶしつけ》なことをお訊きするやもしれません。どうかご容赦《ようしゃ》のほどを」

最初に裄沢が断ると、中屋は黙したまま頷いた。

「ではまず、小太郎殿が村上白堂殿の内弟子になった経緯を伺えましょうや」

この問いに対し、中屋は反問で応じてきた。

「村上殿は何と言っておられた」

「まだそれがしは、村上殿にはお会いしておりません。他の者が聴取した話については、すでにお聞き及びのことかと」

この返答に、暗い表情をしていた中屋の目に光が点《とも》った。

「村上殿から話を聞きもせずに、当方を呼びつけたと？」

中屋の様子を見ても、甲斐原は仲裁に入らなかった。まずは、裄沢に全て任せてくれるつもりのようだ。

裄沢は、落ち着いた声で応じた。

「中屋様。こたびの一件は、町奉行所としてはすでに落着したことになっております。そうである以上は、何度も訪ねていって話を聞くというわけには参りません。ですから、できるだけ周囲の話を固めた上で、村上殿のところへ参るつもりでおりました」

「これは、考えなしの言いようであった。どうか、赦されたい」

裄沢の冷静な話しぶりとその内容を聞いて、中屋は即座に自分のもの言いに反省を示した。以後の口調も、目下の同心に接するというより、己の我儘《わがまま》を聞き入れてくれた相手に対する丁寧なものに変わる。

「どうかお気になさらず。家族にご不幸があってさほどときが経ってはおりませんし、普段と心持ちが違ってしまうのもやむを得ぬことですので――それよりも、それがしの問いにお答えいただけましょうや」

「さようですな――まず小太郎ですが、親の目から見て宮仕《みやづか》えには、ましてや捕り物などの荒事《あらごと》にはとんと向かぬような気性に育ってしまいまして。家を継ぐことはもとより、町方の他家へ養子に出すのもどうかと思われましてな。

亡くなったそれがしの父も茶道を嗜《たしな》んでおったのですが、その父と同門だったのが村上殿でして。まあ、ずいぶんと歳の離れた弟《おとうと》弟子《でし》だったようですが、生前の父のところに何度も遊びに来ておりましたので、それがしも知己《ちき》を得ておりました。

父が亡くなった後、町方に向かぬ小太郎をどう独り立ちさせるかといろいろ悩んでいる中で、村上殿のところで茶を学ばせたところ、ずいぶんと当人の気に入ったようでした。村上殿からも才があると評していただき、しばらく通わせた後に内弟子にしてもらったというのがお尋ねの経緯にござる」

「すると将来は、小太郎殿には茶の湯の道で暮らしを立てさせるおつもりだったと」

「そうでなくば、茶の宗匠のところへ内弟子に入れたりはしておりませぬ」

「小太郎殿が村上殿の内弟子になっていかほど経っておりましょうや。そして内弟子になってから、ご実家である中屋様の組屋敷にはどの程度の頻度《ひんど》で顔を見せに帰っておられましたか」

「小太郎が村上殿の内弟子になったのは今年の桜が咲く前でしたから、ようやく半年をいくらか過ぎたというところでした。そして、家に顔を出すのは一、二カ月に一度ほどでしたな。

ただしそれは、師の使いなどで近くに用事があるときにちょっと立ち寄って顔だけ見せて帰ったということを含めてのもので、泊まり掛けになるほどゆっくりしたのは、盆《ぼん》のときぐらいでした」

だとすると、小太郎の性格から違和を覚えたという中屋の感覚が、生家《せいか》を離れてからの当人の心持ちをどれだけ正確に捉えていたか疑わしい、ということになるかもしれない。

そうした考えは口に出すことなく、裄沢は次の問いを発した。

「中屋様は、ご子息が心中を遂げたということは納得されておると伺っていますが、にもかかわらず疑念が残っているとはどういうことにございましょうか」

中屋は心痛を堪《こら》えてか、しばらくときを置いた後で口を開いた。

「北町奉行所が調べて『これで間違いはない』と結論づけたことに異論はござらぬ――が、それがしにはどうにも心に違和が残ったままで、このまま全て終わりにされてしまうことには、得心がいかぬのです。

あの小太郎が自らの命を絶つと決めたからには、まだ明らかになっておらぬ何ごとかがあったのではないかと、どうにも思えてならぬのです」

「その『何か』にお心当たりは？」

「……不甲斐《ふがい》なきことながら、言葉にできるほどのものはござらぬ」

「小太郎殿のことを思えば、得心のいかぬことが残っているとのことですが、ではその中屋様から見た小太郎殿はどのようなお人でしたか——小太郎殿のどのようなご気性や振る舞いから、中屋様はさような心持ちになられたのでしょうや」

「それは……」

中屋は一瞬言葉に詰まってから、改めて口を開いた。

「小太郎は慎重——というか、はっきり言ってしまえば臆病《おくびよう》な子供での。ただしその臆病さは己が痛い思いをするのを避けるとか、そういう類《たぐい》のものではござらなんだ。いつも誰かが痛い思いや怖い思い、不愉快《ふゆかい》な思いをしておらぬかと過分なまでに気にする質《たち》でしてな。

そんな子が、いかに追い詰められたとはいえ、他人を手に掛けるようなことがあろうかと。いやそれ以前に、己の裏切りで師匠がどれほど悔しい思いや悲しい思いをするかを考えずに、師の妾とくっつくなどとはどうしても思えぬのです」

心中相手を刺し殺したことはともかく、小太郎に対する中屋の見方が的確であるならば、「師匠の妾とどうにかなるだろうか」という疑問を覚えたことは理解できた。

「それでは質問を変えさせていただきます——中屋様から見た村上殿の為人《ひととなり》についてお教えくだされたく」

「若いころはともかく、今はもう元御家人というより完全に茶人《ちゃじん》ですな。誰それが出世したとか今の政《まつりごと》はどうこうといった話にはいっさい関心を示さず、風流や侘《わ》び寂《さ》びばかりを追い求めている御仁です」

「権勢欲のようなものは持ち合わせていないと？」

「そうでなくば、早々に倅に家督を譲り渡して己は家を出、風流の道に入ったりはしますまい」

「村上殿は、小太郎殿と自分の妾が好き合っているのに気づいて妾を閨に呼ぶことをやめ、ゆくゆくは一緒にさせてやるつもりであったと述べているようですが、そこまで出来たお人だと思っておられましたか」

「……昔はともかく、先ほど申したとおり今は風流に生きておるお人だ。なれば、そのような考えに至っても不思議とは思いませぬ」

「昔はともかくと言うことは、隠居する前は違っていたということですか」

「ご存じのとおりそれがしは町方役人、村上殿は先手弓組のお役でしたので、どのようなお方だったのかをはっきり自分の目で確かめられるほど親しかったわけではござらぬ。亡父や世間の評判から、倅を預けてもよかろうと判断しただけですので。

村上殿が隠居する前ということで申すなら、ごく当たり前の御家人としてご奉公しているように見えていた、というところでしょうか」

「それでは、お答えしづらいことを尋ねます――村上殿は、中屋様のお許しがあればいずれは小太郎殿とお菊を娶せてやるつもりだったとのことですが、もしそのような相談を村上殿からされたなら、中屋様はお許しになったでしょうか」

「それは……お菊なる娘を己の目で見ておらぬからには、答えようがありませんな」

上手く言い逃れられたような気がするが、二度と戻らぬ息子の願いであったことをばっさりと否定するのは忍び難いであろうから、そのままに受け止めた。

その後も小太郎の交友関係、白堂の他の弟子や屋敷の奉公人などについてもいろいろ問うてみたが、特段の収穫もないままに面談を終えた。

四

裄沢は死んだ小太郎の友人などを訪ねた後、いよいよその師であった白堂と会うことにした。

こたびの裄沢の訪問は、「心中騒ぎで関わりとなった者をお白洲に呼ばずに済ますための手続き」という理由をでっち上げ、事前に定町廻りの藤井を通じて白堂のところへ通告した上で行った。心中した自分の妾と弟子に情けを掛けたと評判の茶の湯の宗匠に、その弟子の父親が隔意《かくい》を持っていると受け取られないようにするためである。

村上白堂は、白髪《しらが》を茶筅《ちやせん》に結った鶴《つる》のように細い老人だった。

裄沢は、茶室ではなくごく当たり前の客間に通された。出されたのも普通の煎《せん》茶《ちや》で、女の奉公人が淹《い》れたものだったようだ。

元与力格とはいえすでに野《や》に下《くだ》った人物であるから、本日は付き添いはなく、裄沢一人での訪問である。

「このたびは町奉行所の方々にもずいぶんとお手数をお掛けしました。真に申し訳ありませんでしたな」

白堂は元の身分を振りかざすことなく、一介の同心に丁寧に頭を下げてきた。

「いえ、こちらこそ何度もお邪魔して話を伺うような煩わしいことをして、申し訳なく思います」

「お役目にございましょう。どうぞお気になさらず」

過分にへりくだってはいないが、どこまでも丁寧なもの言いをしてくる。

「それではさっそくですが、いろいろとお尋ねしてよろしいでしょうか」

「どうぞ、何でもお訊きください」

白堂は、落ち着いた態度で返答してきた。

「では遠慮なく――まずは亡くなったお菊について、身請けをした経緯をお教えいただけますか」

「あれは、雑司《ぞうし》ヶ谷《や》のほうの百姓の娘でしてな。両親《ふたおや》ともに流行病《はやりやまい》で亡くして天涯孤独の身となったのですが、親の薬代《やくだい》が借金として残りまして、赤城下の岡場所に身を売った女にございました。

偶々《たまたま》縁あってその身の不幸を知り気の毒に思いまして、見も知らぬ多くの男どもに体を任せるよりはマシかと思い身請けしたのでございます」

問《つか》えることもなくスラスラと問いに答えてきた。

「それは、いつごろのお話で？」

「あれは、昨年の春だったでしょうか――すると、あれからもう二年近くになりますな。お菊が岡場所に身を売ったのは、その半年ほど前だったと聞いております」

「中屋小太郎殿を内弟子に迎えた経緯については」

「中屋銕十郎殿のお父上、小太郎からすれば祖父に当たるお人が、拙《せつ》と同門の先人でしてな。そのご縁で、小太郎には昨年より茶の湯の手ほどきをしておりました。

内弟子にしたのは、当人に才があった上にこの途で身を立てたいとの希望も口にしておりましたので、お父上の中屋殿とも相談の上でこの陋屋《ろうおく》に迎えたものでございます」

「小太郎殿が内弟子としてこちらに住まうようになったのが、今年の春のことだと父君の中屋様から伺いましたが、今のお話からすると、お菊が身請けされてこちらに来たのと、小太郎殿がこちらへ通い始めたのはさほど変わらぬ時期ということになりますな」

「突然のご指摘ですので同じぐらいの時期かと言われると首を傾げるところもありますが——言われてみれば、百姓家から岡場所を経てこちらに来たばかりのお菊と、町方の子供らしくはない慣れぬ学びを始めた小太郎は、どこか相通ずるものを覚えたのやもしれません。もしそうならば、小太郎を内弟子にして同じ屋根の下に迎え入れたことで、拙が二人を道ならぬ恋へ差し向けてしまったということなるのやもしれませんな」

「二人が好き合っているとお気づきになったのはいつごろのことでしょうか」

「あれは……まだ小太郎を内弟子とする前、通いの弟子だったときでしょうか。家の裏手で何やら二人だけで話をしているのを見掛けまして。ずいぶんと親しげに見えましたが、その場では歳が近いこともあって仲がよいのかと思っただけでした。

しかし、内弟子とした後も何とはなしに気になったからかどうか、その後も何度か二人だけでいるのを見掛けるようになりまして、ときにはお菊の手を小太郎が両手で包み込んでいるような姿を目にすることもあって、ああこれは互いに気があるのだなと気づいたのでございました」

「最初に疑いをもったときに、小太郎殿やお菊に注意はなされなかったのでしょうか」

周囲から認められていて当人にも自覚ある内縁の妻が、住み込みの弟子と不倫関係になったならば、現代でも二人に対し損害賠償を請求できる。ましてやこの時代には、現場を押さえられたなら斬り捨てられても文句を言えないほどの罪だった。裄沢の疑問は当然であろう。

白堂は、またしばらく置いてから答えを返した。

「まさかに、あの小太郎がそのようなマネに及ぶなどとは信じきれずにおりましたから――それに、そうではないかと薄々勘づいてからは、また拙の気持ちのほうも変わって参りましてな」

「と言うと」

「このような先の短い老いぼれに囲われたまま、瑞々《みずみず》しく花のあるときを無為に費やすのでは、あまりにもお菊が不憫《ふびん》であると」

「また、不躾なことを申します。そうお考えならば、どうして二人を結びつけようとの意向を当人たちに示してはやらなかったのです」

白堂は「ごもっともです」と同意して溜息をついた。

「拙が己の考えを二人に告げていたなら、このようなことにはなってはおらなんだでしょうからな――けれど、拙には迷いがあったのです。

一つには、二人を娶せてもよいと当人たちに告げるとなれば、小太郎にとっては師に、お菊にとっては主に己らの不義を知られたのを明らかにすることになります。あの生真面目《きまじめ》な小太郎と心根の優しいお菊が、それを受け止められるかどうか。まさか心中するまで思い詰めているとは思ってもいませんでしたが、下手な告げ方をすれば、二人が手に手を取って欠落《かけおち》するぐらいのことはあるかもしれぬと案じておったのです。

二つ目は、二人ともに歳の割にしっかりしているとはいえ、まだ十五と十六の若輩でしたから、若気《わかげ》の至りということも十分あり得ようという思いもどこかにありました——二人の逢瀬《おうせ》が『先々まで幾久《いくひさ》しく共にあらん』というほど強固なものだったのか、はたまたただいっとき熱に浮かされているだけなのか、その見極めが拙にはできておりませなんだ。

そして最後ですが、先に二人に告げてしまってから小太郎の父親の中屋殿に話を持ち掛け、もし断られるようなことになれば、拙が互いに想い合う二人を別れさせたことになってしまいます。それは、避けたかった。

拙が中屋殿からどう思われようが、それはよいのです。しかしながら、下手な話の持っていきようをすれば、小太郎は家へ連れ戻されてしまうでしょう。そうなったら、お菊と別れさせられるばかりでなく、茶の湯の道に生きることすら断念させてしまうことになっていたかもしれません。

お菊とて、主の拙を裏切り顔に泥を塗ったことになるわけですから、この家に居続けようとはせぬはずです。当家を出た後暮らしていくためには、元々身を売った岡場所に戻るか、似たような他の仕事に就くしかありますまい。妾の身とはいえ一度は憶えた人並みの暮らしを捨て、惚れた男とも引き裂かれたとなれば、果たしてこの先どのように生きていけるのか……。

そのようなことをつらつら考えると、どうにも中屋殿に相談を持ち掛ける踏ん切りがつきませぬで——嗤《わろ》うてくだされ。これが、他人《ひと》から先生などと煽《おだ》て上げられ齢《よわい》も六十に達しようかという男の有り様にござります」

白堂がつらつらと並べ立ててみせた考えは十分得心できるものだったが、あまりにも立派すぎたせいか、その流暢《りゅうちょう》さにはいくばくかの不自然さを覚えさせられた。ただこうした説明は、調べに当たった藤井らをはじめ幾人にもしているだろうから、怪しいとまでは言い切れない。

——この老人は真実を述べているのか？

自嘲する白堂を、裄沢はただじっと見ているばかりであった。

本日の主目的であった面談を終えた後、裄沢は白堂の身の回りの世話をしている下女からも話を聞くことができた。白堂は裄沢の望みを快《こころよ》く受け入れたばかりでなく、自身は立ち会うことなく下女と二人だけの場を設けてくれた。

「お里《さと》と申します」

裄沢の前で頭を下げたのは、やや小柄ながら骨太な四十女だった。近くの百姓の女房で、通いで白堂の身の回りの世話をしていると言う。

当人から聞き取ったところによると、時期について曖昧《あいまい》なところはあったが、やはり少なくともこの初夏以降白堂はお菊には触れていないとの、筧から聞かされた話と変わらぬものだった。他にも思いつくことをいくつか尋ねてみたのだが、特段気になるような話は出てこなかった。

諦《あきら》めて、話を終えることにする。

「そなたも、村上殿のような情け深いお人に奉公できて、幸せであったな」

「……………」

お里は、黙ったまま微妙な顔つきの笑みを浮かべた。わずかに頭が縦《たて》に動いたが、自分の意思に関わりなく、頷いたように見えればいいと思っているような仕草に見えた。

裄沢が白堂の家を辞して表へ出ると、勝手口から出てきた商家の使いらしき者に出くわした。商家の使いは、町方装束の裄沢に丁寧に会釈《えしゃく》をして去っていく。

――掛け取りか。商家の使いは、もう歳の暮れだな。

このころの商売は、日々の買い物は「ツケ」で行い、年に二度、盆暮《ぼんく》れにまとめて集金するという形態が多かった。年の瀬の集金は大晦日《おおみそか》まで行われるのだが、見世のほうも段取りを考えて、さっさと支払ってくれそうなところは事前に声を掛けておいて先に回り、払いの悪いところには腰を据えてじっくり取り掛かるということをしていた。

すでに師走《しわす》（陰暦十二月）とはいえ、まだ月の半ばを過ぎたばかりである。するとし、白堂のところは世間の評判どおり「きれい」な暮らしぶりをしているようだ。

――我が家の支払いがどうなってるかも、いちおう茂助に訊いとかなきゃな。

吹きつけてきた空《から》っ風《かぜ》に首を竦《すく》めて、裄沢は足取りを速めた。

五

こたび裄沢が腰を上げる元々のきっかけを作った中屋銑十郎、そして白堂と下女のお里、さらには小太郎の知り合いなどにも話を聞いて回ったが、筧や藤井が調べたこと以上のものは何も出てはこなかった。まあ、自分などよりずっと経験豊富な廻り方の後追いをしているのだから、出てこないのが当たり前なのではあるが。

そして、「覚悟の心中で間違いなし」という判断が立ったなら、よほど周辺に怪しい様子でも見られない限り、そこで調べが打ち切られるのも当然のことだった。

臨時で定町廻りをしていたころの裄沢が仕事でこの件について調べをしていたならば、筧たちがそうしたのと同様、もうケリをつけていただろう。それでも手掛かりを求めてまだ足掻《あが》いていたのは、恩ある甲斐原から頼まれたということもあるが、やはりどこか得心しきれない気持ちが残っていたからだ。

とはいえ、こたびの心中と直接関わりがありそうな者のところはあらかた行き尽くしてしまった。半ば苦《くる》し紛《まぎ》れで裄沢が次の訪問先に選んだのは、身請けされる前にお菊が働いていた赤城下の女郎屋だった。

赤城下は外濠《そとぼり》の牛込御門外《うしごめごもんがい》。白堂の家や心中のあった小日向とは、南隣と言っていいほど近い土地である。

「ここか……」

朝一番でやってきた裄沢は、目的の見世の前でひっそりと掲げられた看板を見ながら足を止めた。

「お役人様、何かご用でございましょうか」

まだ閉め切ったままの見世の前で掃き掃除をしていた若い衆《わかいし》が、わずかな緊張を顔に浮かべながら寄ってくる。向こうから歩いてくる裄沢に気づいていながら、知らぬふりをしつつ注視していたのだ。

若い衆がこのような態度を取ったのは、江戸で公認の遊郭《ゆうかく》が吉原《よしわら》ただ一カ所だけだったからである。

岡場所と呼ばれる他の遊郭は、いずれも「もぐり」で営業をしているというのが幕府の公式見解だった。つまり岡場所は、いつ検挙（「驚動《けいどう》」という）されてもおかしくはないし、頻繁に行われたわけではなかったものの、実際に町方の手入れを受けることもあったのだ。

「ここの主から少々話を聞きたい」

「定町廻りのお方とは、上手くやっているつもりでございますが」

そう言ったのは、見たこともない町方が小遣い稼ぎで袖の下を求めてやってきたのかと警戒したからかもしれない。

驚動など、よほどのことがないと町奉行所はやらないし、そうではない普段のときなら定町廻りなどとは通常の見世がするのとほとんど変わらぬ付き合いをしている。何か揉めごとがあれば廻り方が当たり前に仲介に入ってくれるし、そのための付け届けも怠ることはない。「出入り」以外の同心が勝手な無心をすることは、町奉行所内の掟破《おきてやぶ》りとなるのだ。

「ああ、俺は北町の裄沢と言う。ここらを受け持つ藤井さんは、俺がここへ来るのを承知してのことだ――なに、少し聞きたいことがあるだけだ。見世には迷惑は掛けぬ」

そのために、見世を開ける前で客の姿もない朝の早いうちに出向いてきたのだ。

気負いもなく述べた裄沢をじっと見ていた若い衆は、「ともかく中へお入りください」と通用口を開けて裄沢を呼び入れた。


来客を告げにいった若い衆が戻ってきて裄沢を案内したのは、部屋の隅に簞笥《たんす》が置かれた他は火鉢《ひばち》ぐらいしかない、こぢんまりとした座敷だった。おそらくは、内証《ないしょう》（妓楼《ぎろう》で帳場や主の座敷として使われる部屋）と呼ばれるところだろう。

そこには、白堂のところで話をした下女と歳は同じほどでも、二回りは体の大きな女が一人だけ座していた。

女は、町方役人が来たと報《しら》されながら横座りしたままの格好で、部屋に現れた裄沢を無遠慮にジロリと見てくる。その堂々とした押し出しが、女を実際よりも大きく見せているのかもしれなかった。

「俺は楼主《ろうしゅ》と話がしたいと言ったのだが」

裄沢は、女の無礼を気にする様子もなく己の要望を口にする。この時代の武家の当主は男に限定されているが、商家とてごく一部の例外を除き主は男とされているのだ。客や地回りなどとの諍《いさか》いが少なからず生じる、こうした商売ならなおさらであろう。

裄沢の言葉を受けて、女が初めて口を開いた。

「ここの忘八《ぼうはち》(楼主)をやってる亭主は病で寝込んでてね、今はあたしが女主《おんなあるじ》の真似事《まねごと》をやらしてもらってますのさ」

ずいぶんとぞんざいな言いように聞こえたが、裄沢は怒りを覚えるでも気圧《けお》されるでもなく、火鉢を挟み女の正面で膝を折る。不審を覚えたにせよ町方相手にずいぶんと強気な女だと思ったが、亭主が倒れて女手《おんなで》一つでこのような見世を切り盛りしていくとなれば、つけ込まれるような隙はいっさい見せられないということかもしれない。

己の態度にも平然としている裄沢の様子を見たその瞳には、ほんのわずかに興を覚えたという色があった。

「お鴇《とき》と申します。よろしゅうに」

名乗った女は、わずかばかり上体を前に傾けて頭を下げる格好を取っただけだった。しかしながら、口ぶりはいくらか柔らかくなったように聞こえた。

「北町奉行所の裄沢と申す。突然押し掛けて仕事の邪魔をしたことは詫びておく」

「お上《かみ》のお役目とあっちゃあ、仕方がありませんやね」

なおも変わらぬズケズケとしたもの言いに、裄沢はわずかに口の端を引き上げる。

「廻り方でない者がやってきたということで察するところはあろうが、完全にお上の仕事とは言い切れぬ用件でな」

「おや、この見世に町方のどなたかがご用事でも？」

「見世自体をどうこうという話ではないゆえ、気軽に答えてほしい——二年ほど前までここで勤めていた、お菊について聞きたいと思って参ったのだ」

「お菊——白菊《しらぎく》のことですかえ」

お鴇は即座に応じてきた。白菊というのが、この見世でのお菊の源氏名《げんじな》だったようだ。

「さすがに、噂はここまで届いているようだな」

「そりゃあ、こっからそう離れた場所のことじゃあありませんし、うちみたいな見世はそうでなくても寝物語に人の噂が集まってくるとこですからね」

「ならば話が早い。その噂を聞いて、見世の者がどう思ったかを教えてはくれぬか」

「どうって、噂は噂ですからね。面白がってる者もいりゃあ、白菊が可哀想だって気の毒がってる者もおりますよ」

通《とお》り一遍《いっぺん》の無難な答えが返ってくる。わずかも気後れするところなく問いが重ねられた。

「それで、女主どのはどう思われた」

問われたお鴇は口を閉ざしたまま、じっと裄沢の顔を見る。

裄沢も、黙ったまま返事を待っている。

ようやく、お鴇が問いに応じて口を開いた。

「あの心中があってから、こうやってお役人が顔を出すまでずいぶんと掛かってますねえ。しかも、やってきたのが定町廻りの藤井様でも、その代わりの臨時廻りの旦那でもない」

裄沢を見る目が「いったいどうなっているのか」と問い掛けている。

「二人が覚悟の心中であったことは間違いない。ならば、それ以上の調べはせぬものだ——かように、心中とは直接関わりのない昔のことまで探る手間は掛けぬ」

「へえ。でも、こうやっていらっしゃったってことは」

「俺のお役は用部屋手附と言う。お白洲で下されるお裁きの下調べをしたり、牢屋敷に送られる咎人の入牢証文を出したりするのが本来の仕事だ。その一環として、いちおうの見直しをしていると思ってもらえればよい」

「お上がいったん『こうだ』と決めたことについて、そんなこともあるんですかねえ」

「いちおうの、と言ったはずだ。そうでなければここまで訪ねてくることもない——こうやってそなたに問うても何も出てこなくば、見直しも打ち切りとなろうな」

　お鴇は、口を閉ざしたままじっと裄沢を見る。

　裄沢は、己の脇へ視線を落とし、自身が置いた刀に手を伸ばした。

「無益に邪魔をしたようだな。煩わせて申し訳なかった」

　刀を摑んで腰を上げようとしたところで、お鴇が声を上げた。

「本当に心中だったんですかい」

　裄沢は姿勢を戻し、お鴇を真っ直ぐ見やる。お鴇は、臆《おく》することなく見返してきた。

「何か、言いたいことがあるようだの」

　廻り方ではない町方がやってきたのに不審を覚えていたにせよ、肚《はら》に一物《いちもつ》抱えていながら口にすべきか判断しかねている様子に見えた。だから、帰る素振《そぶ》りで踏ん切りを促したのだった。

「白菊――お菊は、そんなことをするような娘《こ》に見えませんでしたからね」

「心中したのは、お菊らしくないと？」

　お鴇は「いいえ」と首を振る。無言で先を促す裄沢に言葉を続けた。

「心中のお相手が自分を身請けしてくれた旦那で、その旦那がもうどうにも算段がつかなくて死のうとしてたってんなら、『ああそうか』って合点《がてん》もいくんですがね。けど、相手は旦那のお弟子さんだって言うんでしょう。それはあの娘《こ》らしくないって、ここで働いてたときの姿を見てたあたしは思っちまうんですよ」

ほんのわずかだが、初めて世間で噂されている話の筋に綻《ほころ》びが見えてきたようだった。

いったん本音を打ち明けたお鴇は、もう隠し立てすることなく続ける。

「これが、旦那がお菊のことを蔑《ないがし》ろにしてどうしようもなかったってんなら、また話は別ですけどね——噂じゃあ、そうじゃあなかったってんでしょう」

「お菊がここにいたのは半年ほどで、すぐに村上殿に身請けされたと聞いているが、それにしてはずいぶんとよく見ていたようだな」

「ご覧のとおり、そんなに大きな見世じゃありませんしね。それに、亭主が病で倒れるまでは、あたしは遣り手婆《やてばばあ》（女郎の教育指導役）のようなこともしてましたんで、それなりにうちにいる連中のことは見てましたのさ」

「お菊を身請けした村上白堂殿の話や周囲の者の証言によると、白堂殿は心中したた二人をやがては娶せるために、お菊を閨に呼ぶことも控えるようになったということとだった。それを、お菊が『自分は蔑ろにされている』と思ったということは？」

　裄沢の見解を聞いたお鴇は「へっ」と嗤い飛ばす。

「あんな年寄りのとこへ身請けされてったんだ。旦那のアッチが役に立たなくなってお褥御免《しとねごめん》がいつやってきたって、そうなる覚悟なんぞ十分にできてましたさ。そのぐらいの賢《かしこ》さはしっかりとある娘でしたからね」

　お鴇の表情を観察していた裄沢が次の問いを口にする。

「お菊を身請けしたということは、白堂殿もここの客だったということであろう」

「ええ、白菊を身請けするまでは、よく通ってくださるお客さんでしたよ」

　上客、と言わなかったことに不審を覚えつつも、裄沢は別のことを問うた。

「お菊を身請けした後は」

「ぱったりといらっしゃらなくなりましたね」

「他の見世にも？」

「少なくともこの赤城下には――こんな商売ですから、別に他の見世や他の娘を買おうとしたって『浮気どうこう』なんて話にはなりませんけど、自然と耳には入ってくるもんですから」

客の動向は商売に直接関わることだから、見世同士でそういったやり取りがあるのかもしれないと裄沢が考えていると、お鴇がポツリと口にした言葉が聞こえた。

「まあ、その後に一度だけいらしたんですけどね」

「白堂殿のことか」

「はい、あれは一年ほど前のことでしたかね――白菊とは全く外見《そとみ》が逆の、年増《としま》で色気が溢《あふ》れ出てるような娘を選んだんで、『ああこりゃ、白菊は飽きられちまったかね』と思ったたんですけどね」

「その一度きりか」

「ええ――こんなことを漏らすのはどうかってことなんですけど、まあお調べにいらしたお役人様ですから」

「無論のこと、無用な他言はせぬ」

「なら言ってしまいますけど、致せずにお帰りになったようで――そのとき相手をした娘が、『出来ないままお金だけもらえるのかって喜んだけど、その代わりに散々いろんなことをさせられていつもより疲れた』って愚痴を零《こぼ》してましたから」

「弟子とのことに気づきお菊を忘れんとしてやってきたものの、想いを捨てきれなかったということは」

「そんな純情な野郎《タマ》ですかね。お菊にぞっこんになるまでは、いろんな娘を『手当たり次第』ってヤツだったんですけどね——商売だからこっちはありがたいことなんですけど、まあお盛《さか》んで」

だからどうだと言えることではないが、少なくとも町で噂になっている白堂の人物像とは印象の違う話なのは確かだ。

以後も問答を続けたものの、それ以上の有益な話を聞き出すことはできずに終わった。

礼を述べて裄沢が見世を出たのは、まだ午まで間のある刻限だった。若い衆の見送りを受けて歩き出した裄沢の目の前に、見世の裏手から表通りへ出てきた掛け取りの手代らしき奉公人の姿が不意に映った。

「これは失礼を致しました」

足を止めた裄沢へ、手代は丁寧に詫びを述べてくる。

「そなたは——」

裄沢は、頭を下げた手代へ声を掛けた。

六

その翌日、午も大きく過ぎた刻限。裄沢の姿は日本橋北の薬研堀埋立地《やげんぼりうめたてち》という名のある、両国橋広小路《りょうごくばしひろこうじ》の南西裏手の町人地にあった。

裄沢は、招燈《しょうとう》と呼ばれる看板を確認して一軒の商家に入っていった。後しばらくして陽の暮れるころになれば灯りが点されるその看板には、隅立四目結《すみたてよつめゆい》の紋所《もんどころ》を染め抜いた布が貼られていた。

表から見えるところには商品などは並べられておらず、一見して何を商っているのか不明な見世である。

中に踏み込んでみると、小引き出しがずらりと並んだ薬簞笥《くすりだんす》らしき小ぶりの指物《さしもの》があるかと思えば、一見して何やらよく判らぬ小間物《こまもの》らしき品を並べた場所もある。客の姿はまばらで、一人だけいる武家は頭巾《ずきん》で面体《めんてい》を隠していた。

もともと二、三人ほどしかいなかった客のうちの一人は、町方装束の裄沢を見るなりそっと見世から出ていった。

「御免」

裄沢が声を掛けると、小間物らしき品を並べた奥に座っていた見世の者が「何でございましょうか」と、ようやく返事をしてきた。

「北町奉行所の裄沢と言う。昨日外回りをしていたこちらの奉公人に言伝を頼んだのだが、亭主はおられるか」

裄沢と見世の者とのやり取りを耳にした残りの客も、なぜかその場から去ってしまった。

「お話は伺っております。どうぞ中へ」

裄沢の相手をした見世の男は、奥に声を掛けて交替の見世番を呼んでから、自ら裄沢の案内に立った。

「四目屋《よつめや》忠兵衛《ちゆうべえ》と申しまする。どうかお見知りおきを」

店頭で裄沢を迎えた四十男は見世の主で、頭を下げながらそう名乗った。

「このような格好で面《つら》を出したために、どうやら客を散らしたようで申し訳なかったな」

「いいえ、どうも皆様冷やかしだったようですから、お気になさらず」

淡々とそう返してくる。その後のやり取りでも、裄沢の姿を見てサッと姿を消した客とは違い落ち着いた応対をしてきた。

「して、うちの者が赤城下へ掛け取りに行っているところへお声掛けをいただいたそうにございますが」

「ああ、その前にも見掛けたので、間違いなく同じ者かどうか、確かめた上でこちらを訪ねたいと伝言させてもらった」

「せっかくお越しいただいた方の前ではございますが、お客様のことをあれこれ申し上げるのはどうも……」

四目屋はわずかに顔を曇らせて述べる。

「極力、見世に迷惑が掛かるようなことはせぬつもりだが」

「………」

「俺がここへ来ることは、西田さんからも聞いているはずであろう」

口を閉ざしたままじっと見てくる四目屋へ、裄沢は告げた。

裄沢が訪ねてくるのがこの刻限になったについては、四目屋がまるで飲み屋でもあるかのように見世を開ける刻限も閉める刻限も遅いという理由もあったが、この地を受け持つ定町廻りの西田が市中巡回の際に立ち寄って、裄沢の来訪へ応対するよう事前に念押ししておいてもらうという意図もあったのだ。

「何をお聞きになりたいのでございましょうか」

四目屋は、溜息をついて抵抗を諦めた。

裄沢なる見も知らぬ同心だけのことなら相手にせずともどうにかなろうが、この地を持ち場とする廻り方が気に掛けてわざわざ声掛けしてきたのを突《つ》っ撥《ぱ》ねたとなれば、今後の商売に差し障りが出かねないと考えたからだ。

「小日向で茶道の指南をしている村上白堂殿は、この見世の客で間違いないな」

「手前どものところからご機嫌伺いに行っているのをご存じのお方に、嘘をついても仕方がありませせぬな」

裄沢が赤城下で出会った商家の奉公人相手に確かめたのは、その男が「小日向の白堂宅を訪れていたのと同じ者かどうか」である。どの客について問われるかは、四目屋のほうも十分予測できていたはずだ。

「村上殿はここの得意先であるのか」

「……どの程度からお得意様と申し上げるべきか、判断に迷うところはございますが、一度や二度のお買い上げではなかったとだけ申し上げておきます」

「どのような物を購《あがな》っておられた。長命丸《ちょうめいがん》（健康維持を謳《うた》った薬）などか？」

「それは、そのときどきですから」

白堂の年齢からの推測で購入品の名を挙げてみたが、どうやらそれだけではないらしい——では、この見世ならではの商品ということになろう。

「では、帆柱丸《ほばしらがん》（強精薬）やイモリの黒焼き（媚薬《びやく》）など、この見世でないとなかなか手に入らぬような物と考えてよいか」

「さようにございますな。手前どもで取り扱っている品は、なかなか他の見世では見られないような物が多《おお》ございますから」

そう口にした四目屋の視線は、自分の前に並べられた小間物類の品々へと落とされている。そこに並べられているのも通常の見世にあるような商品ではなく、肥後芋茎《ひごずいき》や水牛の角《つの》の細工物といった、いわゆる淫具《いんぐ》に分類されるような物であった。

四目屋は、こうした成人向けの品を専門に扱った日本で最初の商店と言われている。

「こたびの掛け取りは、この盆以降に購入した品であろうが、それは何か」

「………」

「四目屋？」

裄沢の静かな圧に屈した四目屋は観念して答える。

「こたび裄沢様よりお声を掛けられたは、村上様ご要望の品が手に入らぬとのお詫びで使いに出した者にございました」

　その返答に、裄沢はわずかに眉を上げた。

「見たところ手代ほどの歳若な者であったが、隠居しているとはいえ旗本に近い禄を得ていた元の幕臣のところへ、見世の主でも番頭でもなくその程度の者を詫《わ》び言《ごと》（謝罪、言い訳）の使いに出すのか」

「……こたびが初めてではございません。何度もお断りを申し上げているにもかかわらず、たびたびのご催促でしたので」

　見世の主や番頭が出向ける程度を超えて、入手不能な品の注文を続けていたということであろう。

「それは、いつごろからか」

「はて。およそ一年前、昨年の暮れあたりからでしたか」

「それ以前には」

「先ほど裄沢様が挙げられたような品をお求めにございました」

「昨冬から求める物が変わったと？」

「そうなりましょうか」

「たびたびの注文とは、どのくらいの頻度か？」

「時期によって違いはございますが――この春ぐらいまでは頻繁に。それからだんだんと間遠《まどお》になりまして、ついにはパッタリと催促がなくなりましたのでとうとう入手を断念なされたかと思っておりましたところ、秋の終わりに二、三度だけ。それがまた近ごろになって、思い出したかのようにお声が掛かるようになりましてございます」

「して、亭主。村上殿がどうしてもと求める品とは、いったい何だ」

「はい……海狗腎《かいくじん》と呼ばれる物にございます」

四目屋は、もはや隠し立てすることなくその品名を明らかにした。

七

江戸城《おしろ》から見て神田川の向こうにある湯島《ゆしま》の地。神田明神《かんだみようじん》の北西、湯島天神の南南西に、新町屋《しんまちや》とも上野御家来屋敷《うえのごけらいやしき》とも呼ばれる広い町人地がある。

その一画で栄えた「お花畑」や「大根畠《だいこんばたけ》」との俗称のある岡場所は、松平定信《まつだいらさだのぶ》が老中となった直後に摘発を受け、質素倹約《しっそけんやく》を旗印《はたじるし》とする御改革の最初の贄《にえ》とされた場所だった。

驚動の対象となった岡場所では、妓楼はお叱りを受けるばかりでなく所属する女郎を吉原へ強制的に移されてしまうため、その土地全体で岡場所としての商売が成り立たなくなるほどの打撃を受ける。

この物語のころには、十余年の月日が経ってその傷も少しずつ癒《い》え、かつての繁栄には届かずといえども昔の面影を偲《しの》ばせるほどには、見世も出入りする客の有り様にも華《はな》やぎが感じられるようになっている。

さらに年明けの目出度《めでた》さからの浮かれ気分も加わって、周辺一帯はいっそうの賑わいを見せていた。

そうした女郎屋街の殷賑《いんしん》に紛《まぎ》れるように建つ料理茶屋の一室に、茶筅髷の老人が一人だけぽつねんと座していた。老人はそわそわと落ち着かぬ様子で、どうやら誰かを待っているらしい。

そこに、襖の向こうから見世の奉公人の声が掛かった。

「失礼致します。お連れ様がお着きでございます」

「おお、どうぞ中へ」

奉公人の声に被せるように、老人が応答する。その声を受けて、襖が開かれた。

　現れたのは、頭巾を被り面体を隠した商人らしき身なりの男であった。頭巾の商人は、挨拶の声を発することもなく、わずかに頭を下げただけで堂々と中へ踏み入った。

　老人は相手の態度を気にすることなく、息せき切って頭巾の商人に着座を促す。

「よくぞ参られた。ささ、遠慮などせずどうぞ席にお着きなされ」

　頭巾の商人は、それでも無言のまま、言われたとおりに老人の前で膝を折った。

「して――」

　身を乗り出すようにした老人の言葉を遮るように右手を前に出した頭巾の商人は、案内を終えて座敷を出ようとする奉公人に目を向ける。

「御膳はすぐにお持ちしますので」

　頭巾の商人の意図を察した奉公人は、そう告げて座敷を後にした。

　酒肴の膳はほどなく運ばれてきたが、運んできた女中らが全て部屋を出て客二人だけになるまで、頭巾の商人も、その意思を尊重した老人も、ひと言も発さなかった。

ただ、頭巾の商人が悠揚迫《ゆうようせま》らぬ様子で酒肴が並べられるのを待っていたのに対し、老人は膳を運んできた者らが退出するのを待ちきれぬ様子で追い出さんばかりの苛立ちを見せていた。

女中らが退出しても、頭巾の商人は閉めていった襖から目を離さない。廊下の気配と跫音《あしおと》が消えてから、ようやく老人へと向き直った。

待ち構えていた老人が、勢い込んで頭巾の商人へ迫る。

「こちらの求める物をそなたが持っておると聞いたが」

「その前に――そちら様は、元お先手弓組で今は隠居なされ、村上白堂と名乗っておられるお方で間違いございませんな」

商人は、落ち着いた声で返した。

「そのようなこと、訊いてどうする」

気負い込んでいた老人は、商人の問いに一瞬の躊躇《ためら》いを見せる。この場のやり取りに後ろ暗いところがあるか、少なくとも表沙汰にはしたくないとの思いがあるようだった。

商人は相手を気遣う様子もなく淡々と告げる。

「取り扱いには重々気を配らねばならぬ品物ですから」

「別に、ご禁制の品というわけではあるまい」

不機嫌な顔になった老人へ、商人は頭巾の陰で薄く笑ったようだった。

「確かに、いくらでも金を積むか、手に入るまでいつまでも気を長く待ち続けるおつもりならば、ご定法《じょうほう》に触れることはございませんな」

頭巾の商人の言は、どうしても急ぎで手に入れたいなら抜け荷（密輸）に頼るほかないと、暗に示していた。当時は外国との貿易を長崎《ながさき》一カ所に制限していたため、輸入品はどのような品であっても流通量に制限が掛かり価格も高騰《こうとう》した。品質に問題が生じやすいものの、一般論で言うと伝手《つて》さえあれば密輸品のほうが遥かに手軽に入手することができる。物によっては正規品よりだいぶ安値で手に入れられるのだ。

老人は、商人の言い草が気に入らないようだった。

「あのような獣《けもの》、銚子《ちょうし》沖にすら現れると聞いておるぞ」

「現れれば読売《よみうり》（瓦版《かわらばん》）に載るほど、珍しいことにございますよ」

「なれば、蝦夷《えぞ》（北海道）の松前《まつまえ》にでも注文を掛ければよかろう」

「それで手に入るなれば、わざわざ手前のような者を呼び立てなくてもよろしゅうございましょう」

「……」

「あれは、北の果てに生きる獣にございます。蝦夷でも、普通に見掛けるのはずっと北のほうまで踏み入った先の海となりまする。南の端にある松前では、とてものこと」

頭巾の商人は、どうしようもないとばかりに首を振る。

白堂かと問われた老人は、諦めきれずに言い募った。

「ならば、松前の者にそこまで獲《と》りに行かせればよい」

商人は、溜息をつかんばかりの様子で「ご存じですかな」と前置きをして続けた。

「蝦夷の地は、関八州《かんはっしゅう》（関東地方）を全て合わせたよりもずっと広《ひろ》うございます。しかも、まともな道が通っておるところばかりではなく、冬は雪に埋もれる極寒《ごっかん》の地となり、夏にはここいらで見られるよりかなり凶暴な熊が出ると申します。

村上様。そんなところへ人を遣《や》るのに、あなた様はいったいいくら小判を積まれますか——まずは、千両箱の一つや二つはご用意なされるお覚悟はお有りですすかな」

「そ、そんな、いくらなんでも法外な」

「その法外なことを、あなた様は求めておられるのですよ」

「現地の者から買い求めることはできぬのか」

「猟師が何を措《お》いてもまず確保せんとする熊の胆《くまい》（熊の胆嚢《たんのう》。胃薬として重宝された）とは違います――さほどに数が求められる物ではございませんからな。

しかも、相手は海の獣。上手く仕留められたとしても、愚図愚図《ぐずぐず》しておらば荒《あら》海《うみ》の波に呑まれて海の中へと消えていってしまうのです。さらに付け加えるならば、北の最果《さいは》てより蝦夷の地まで群れで下ってくるのは、最果ての地が寒すぎて彼《か》の獣ですらどうにも居られぬようになった冬場にございます。その極寒の荒れる海に船で乗り出して、どこにおるかもしれぬ獲物を探す――なまなかな金では、受ける者はおりませぬよ」

「しかし、抜け荷ならば――」

商人は「村上様」と厳しい声を発して老人を制止する。

「ご禁制に関わることを軽々しく口にされてはなりませぬ。それをお判りいただけないならば、手前はここで失礼させていただくことになりますが」

「む、済まぬ。軽率なもの言いであった――そなたの申《もう》し条《じょう》はよう判ったが、外《と》つ国《くに》（外国）で品物のやり取りがあるとするならば、そなたの申すような厳寒の海での狩りも行われておるということではないのか」

「唐《から》の国（中国。当時の実際の国名は「清《しん》」）は広うござりますからな。しかも、漢方《かんぽう》の本家本元《ほんけほんもと》にござりますれば。本邦《ほんぽう》（日本）とは違って求める者が多ければ、商売として成り立つのでございますよ」

「で、ではそちらから」

頭巾の商人に釘《くぎ》を刺されて「抜け荷の品を」と明言せずに、白堂は己の要求を口にする。

「な、なんだ」

頭巾の商人は、返事をせずにじっと白堂を見た。

居心地の悪くなった白堂は身じろぎする。

「改めてお尋ね申しますが、あなた様は村上白堂様でよろしゅうございますな」

問い直された白堂は、今さら隠し立てする気にならず頷いて自ら名乗った。

「その村上様が、どうして執拗《しつよう》にかような物をお求めになられます」

「儂が求めるのはおかしいか」

不快げに反問する白堂へ、頭巾の商人は平然と返す。

「世間の評判とは、だいぶん違っておるやに思えますからな」

「そなたは商人でありながら、世評と違っておる者には売れぬと申すのか」

「世評の中身と相手によりますな」

疑問を顔に表した白堂へ、頭巾の商人は己の言葉の意味を説明する。

「村上様は、元お先手弓組の与力でいらっしゃいますな」

「それがどうした」

「お先手組は、加役《かやく》を仰せつかることのあるお役。そして、近々新たに加役の任命がなされるやもしれぬとの噂を耳にしておりますれば、手前が慎重にならざるを得ぬこともお判りいただけましょう」

加役とは本来、元々の役職に追加で任じられる兼務職という意味であるが、単に加役という場合は火付盗賊改《ひつけとうぞくあらため》を指すことが多い。

町奉行所が犯罪者の捕縛《ほばく》を行えるのは原則として江戸府内の町人地に限られ、寺社地や武家屋敷内、あるいは御府外の大名領などへ逃亡されてしまって手を出せないという事例が多発した。

火付盗賊改は、こうした縦割り行政の中の一組織として行動に制限が課せられる町奉行所の欠点を補《おぎな》う目的で、「どこへでも踏み込める」横断的《おうだんてき》な機動力を持たせた犯罪取締組織として設けられたのだが、先手組（先手弓組と先手鉄砲組の総称。両方合わせた数は二十五〜三十四組と、時期により変遷《へんせん》があった）の組頭の中から兼任業務として任命されることが慣例とされたため、単に加役という場合は火付盗賊改を指すことになったのだ。

そして火付盗賊改には、原則年単位の長期任務となる本役の他に、放火犯の増える冬季を挟む半年間のみ任ぜられる助役《すけやく》や、本役だけでは手の回らぬ際に臨時に設けられる増役《ましやく》があったため、同じ時期に複数の火付盗賊改が存在することも当たり前にあった。それだけ、先手組から火付盗賊改が選ばれる機会は多かったことになろう。

「さような噂は耳にしたことがないが」

「村上様は、ご隠居なされ組屋敷からもお出になって何年になりますかな。畏《おそ》れながら、今のお上の動向には目端《めはし》の利く商人のほうが詳しいかと存じますが」

「……そなたの申すとおり、儂はすでに隠居して何年も経つ年寄に過ぎぬ。たとえ儂が勤めていたころの組頭様が加役に任じられたとしても、儂には関わりなどあるまい」

「そうはおっしゃられても、簡単に同意することはできませぬな――村上様ご自身はご隠居の身であっても、跡を継がれた今の御当主は、上役の組頭様が加役に任じられればその右腕ともなり得るお方ですから。

家の繁栄とご子息の手柄や出世を願って、御自《おんみずか》ら悪事に手を染めたふりをする囮役《おとりやく》を買って出られたのではと、手前のような者が危惧《きぐ》するのは当然のことにござりましょう」

そのような、と吐き捨てた白堂へ、頭巾の商人はさらに言い募る。

「付け加えれば、ご自身でおっしゃったようにお年を召しておられる上、世の中では自身の妾を弟子に寝取られながらあっさり赦して二人を娶せてやろうというほど清廉《せいれん》なお方との評判にございます。

そのようなお方が、どこの馬の骨とも知れぬ胡乱《うろん》な商人のところへ自ら出向いて、後ろ暗いことに目を瞑《つむ》った取引をなさんと持ち掛けてこられましても、こちらとしては眉に唾する心境になるのは当然だと思われませぬか」

「ではどうしろと？　こんなところまで呼び出しておきながら、やはり儂には売れぬと申すか」

顳顬《こめかみ》に青筋を立てた白堂へ、頭巾の商人は宥《なだ》める言葉を紡《つむ》ぐ。

「そう結論を急がれますな。手前とて暇なわけではありませぬ。商売になる見込みが全くないお方と、無駄なときを費やすためにわざわざこのようなところまで足を運ぶほど酔狂《すいきよう》ではございませんので」

「売る気自体はあると？」

改めて与えられた希望に白堂は顔を上げる。

「そなた様次第にござりますな」

「いったい、どうせよと」

頭巾に隠れて表情の見えぬ商人は、それまでと変わらぬ口調で返答する。

「本音をお話しくだされ」

「本音？」

「手前が迷うておるのは、村上様のご本心がいずこにあるかが見えぬため。心の底を洗《あら》い浚《ざら》いお話しいただいた上で、手前が得心することができればお取引を考えさせていただきましょうほどに」

じっとこちらの目を見つめてくる白堂を、商人も黙って見返した。

「……何が訊きたい」

「ではまず、なぜに海狗腎などという物がお入用《いりよう》かを」

「そのようなこと、我が分身が役に立たぬからに決まっておる」

白堂は諦めたのか、ふて腐れた口調で吐露した。

海狗腎は、膃肭臍《おっとせい》（「海狗」とも表記される）の陰茎《いんけい》や睾丸《こうがん》を乾燥させ粉末にした生薬《しょうやく》である。膃肭臍は、一匹の雄《おす》が数多くの雌《めす》を独占する形で集団生活を営《いとな》むという生態から、精力が強い生き物だという連想が働いて漢方薬の原料とされたのかもしれない。

海狗腎については、服用する薬を自ら調合したと言われる徳川《とくがわ》初代将軍の家康《いえやす》に蝦夷の松前から献上されたという逸話《いつわ》がある他、記録に残るだけで十数名の側室を抱え、五十人以上の子をなした十一代家斉《いえなり》は常用していたという話が残っている。もっとも、家康のほうは単に滋養強壮・健康増進のための薬の材料としただけかもしれないが。

白堂が見せる海狗腎への執着のほどに、頭巾の商人は疑義を表した。

「手前どもをご紹介くださったお見世で、村上様は帆柱丸などをご購入なされておったと伺いましたが」

何度も断りながらそれでも海狗腎を求める白堂に辟易《へきえき》した様子の四目屋が、ついにつなぎを取ってくれたのがこの頭巾の商人だった。白堂は相手の商人の名も告げられぬまま、呼び出された岡場所の料理茶屋へ期待に胸躍《おど》らせてやってきたのだ。

四目屋で名の知られた強精薬を引き合いに出された白堂は唾棄《だき》する。

「あんな物は気休めにすぎぬ。全くの役立たずであったわ」

「ですが、海狗腎なれば必ず効《き》くとも限りますまい」

「試してみなければ判らぬではないか」

頭巾の商人は、じっと白堂を見据えた上で次の言葉を発した。

「そこが判らぬのでございますよ」

「判らぬとは、何がだ」

「世間の評判によれば、村上様は妾と弟子の不義を赦すばかりでなく、二人を結びつけんとしたほどのお方。そのようなお方が、なぜに海狗腎のような薬にそこまでこだわるのかと」

「そなたの歳ではまだ判らぬかもしれぬが、今まで当たり前にできたことができぬようになったときの落胆と哀惜《あいせき》は、語り尽くせぬほどのものだということよ」

「手前のところへお話が来る前に、村上様はこたび間に入ってくれた見世へたびたび海狗腎をお求めになったものの、どうにも手に入らぬとしていったんはお諦めになった。それが、この夏のことでございましたか。

ところが、冬の訪れに合わせたがごとく、また矢の催促を先方の見世へお出しになるようになられた――そのため手前のほうまでお話が参ったわけにござりますが、この間にいったい何がございましたので？」

「…………」

白堂は無言のままじっと頭巾の商人を見る。頭巾の商人は、おもむろに口を開いた。

「先ほど申し上げた手前どもに聞こえてきた加役の噂が、いったん上がったと思ったら沙汰止みになり、またチラホラと囁かれるようになったかと思えば、いよいよ本当になりそうだという話まで出るようになりましたからな。時期に多少のズレはあるようですが、そなた様が四目屋に彼《か》の薬を求められた動きと、臆病な手前どもにはどうにも同じようにも見えるものでして」

「まさか、そんなことが」

考えられぬような偶然だと、白堂は首を振る。

頭巾の商人は冷たく突き放した。

「得心のいくお答えなくば、あるいはお答えいただいたその中身に得心できねば、やはり先ほど申し上げたとおりにさせていただくしかございませんな――噂に上った加役での手柄を、跡をお継ぎになられたご子息に挙げさせるため、かような手間をお掛けになっていると解釈させていただくだけ」

それでもまだしばらく白堂が黙ったままでいると、頭巾の商人は「お話はここまでのようにございますな」と言って席を立とうとした。

「ま、待て」

白堂は焦って頭巾の商人を引き止めた。

八

頭巾の商人が立ち上がったままじっと見下ろしていると、白堂はようやく本心を明かし始めた。

「やりたくてもできぬ。己の一物《いちもつ》が役に立たぬ。その気が失せてしまったのならばそれでもよかったろうが、あの快楽をいつまでも味わい続けたいという欲はどうにも収まらぬ――いや、できる舞台は調えておるのに己自身のせいでできぬばかりに、ますます欲望は募るばかりだ。

その欲を叶えるために、できる限りの手立ては尽くした。唯一手に入らなんだのが海狗腎であったため、それさえあればどうにかなるやもとの執着は己自身でも抑えられなんだ」

「しかし、いったんはお諦めになった」

「ああ。手に入らぬ物をただ指を咥《くわ》えて待っているだけではこの欲望はどうにも収まらぬ。なればとて、別の手立てで気を紛らわすことができぬかと考えたのよ」

告白する気になった白堂を前に、頭巾の商人は座に着き直す。

安堵する様子でそれを見ていた白堂が、話を続けた。

「弟子の小太郎がお菊のことを、眩《まぶ》しいものを前にしたような目で見ておったことは、内弟子として我が家に住み込ませる前から気づいておった——いや、そんな目でお菊を見ておったからこそ、内弟子にしたと言ってもよいかもしれぬ」

「南町の吟味方与力のご子息を内弟子にしたのには、他へは漏らせぬ裏の魂胆があったということにございますかな」

俯いていた白堂が問うてきた商人をギロリと睨《ね》め上《あ》げる。

「そなたなれば、訊かずとも判ろう」

「言葉にせずとも判れということなれば、やはりお話はここまでにございますが」

舌打ちした白堂が相手の要求に従う。

「自らできねば、できる者同士の行為を見ることで代わりになるかと思うたのよ」

「それにしても、それをさせるのがご自身の妾と弟子とは、言い方は悪うございますが、あまりご趣味がよろしいとは申せませんな」

「見も知らぬ他人同士のそれを見て、どこが面白かろう。一方が己の抱いた女で、もう一方が儂の前では慎ましくしておる初心《うぶ》な子供ゆえ興が乗るというものよ」

「……お二方とも、村上様のお考えはご存じの上で？」

「そのようなこと、小太郎に明かせるはずもなし。小心者のあ奴がもし知ったならば、尻尾《しっぽ》を股《また》の間に挟んで儂のところから逃げ出しておったやもしれぬわ」

「お妾のほうは」

「因果《いんが》を含めて誘わせた。小太郎はしばらくの間は逡巡していたものの、最後にはうまうまとお菊の手練手管《てれんてくだ》に乗ったものよ――お菊が知っておったがゆえに、ことに及ぶところを小太郎に気づかれぬように覗くことができたということだ」

「それでも、ご満足はなされなかったと？」

「結局は他人のやることだ。最初のうちは見るだけで満足できた気になったが、他人ができるのに己はできぬということに、却ってますます不満が高まることになっての」

「それで再度、海狗腎をお求めになるように」

「ところが、そこであの心中騒ぎよ。さすがに四目屋に使いを出すようなことを続けるわけにもいかず、ほとぼりが冷めるまでしばらくは大人しくしておらねばならなくなった」

「そろそろ大丈夫かということで、四目屋さんにまた海狗腎を入手するよう求めることを再開されたと」

「心中した二人を結びつけるつもりであったという美談が世の中で受け入れられたからの。本来なればもう少し様子見を続けるべきなのかもしれぬが、さすがにもはや我慢がしきれなくなったのだ——のう、儂の本音はこれで全て語った。なればそなたも得心して、海狗腎を分けてくれる気になったであろう」

白堂は、渇《かつ》した者が水を乞《こ》い求めるような目で頭巾の商人に訴えた。

「こんなところでよろしいでしょうか」

頭巾の商人は白堂から視線をはずすと、あらぬほうへ向かって頓狂《とんきょう》な声を上げた。

白堂が唖然としていると、頭巾の商人の背後、無人のはずの隣の座敷との境の襖がガラリと開けられた。

姿を現したのは、町方装束を纏《まと》った三十路《みそじ》ほどに見える男だった。

「よくやってくだされた。後はこちらで引き受けます」

町方装束の男がそう言うと、頭巾の商人は白堂に対して取っていた尊大な態度を一変させ、町方装束の男にうやうやしく頭を下げて、男が襖を開けたところから出ていった。その間、頭巾の商人は、もはや白堂には一瞥《いちべつ》もくれようとはしなかった。

「な、何者だ」

思わぬ展開と新たな闖入者《ちんにゅうしゃ》に、白堂は驚きから怒りへと感情を変化させつつ叱責《しっせき》の声を上げる。

「二十日ばかりのご無沙汰でしたか。もうそれがしのことはお忘れか？」

既知《きち》の人物だと知らされて、白堂は男の顔をまじまじと見つめる。ようやく、その顔に理解の色が浮かんだ。

「そなたは、北町《きたまち》奉行所の……」

「憶えておいでではないようなので、改めて名乗りを上げさせていただく――それがしは北町奉行所用部屋手附同心、裄沢広二郎にござる」

どうやら己は罠《わな》に嵌《は》められたらしいと知って、白堂は激怒した。

「裄沢とやら、そなたいったい、どういうつもりだ。たかが町方同心の分際《ぶんざい》で、元先手弓組与力の儂を謀《たばか》らんとしたというか」

「隣の座敷で聞かせていただいた話によれば、過日村上殿がそれがしに語ったのも人を謀った作り話にございましたな。なれば、お互い様の騙し合いに過ぎぬというだけのこと」

裄沢の冷静な語り口を聞いているうちに、白堂の憤激もいくらか収まってきた。

「フン。こんなことをして何になる。そなたが何をほざいたとしても、儂をどうにかすることなぞできはしまい。逆にそなたが元先手組与力に無礼を働いたとして、町奉行殿より重く罰せられるだけぞ」

「罪もなき若者を騙し死なせておきながら、おっしゃることはそれだけにございますか」

　裄沢の追及を、白堂は鼻で嗤った。

「不義をした者に罪はないか」

「それが、不義を咎めるべき者の唆《そそのか》しで起こったことなれば」

「二人は勝手に死んだのだ。儂が殺したわけでも、死ぬように唆したわけでもないわ」

「己の妾を唆して不義にあたるようなことをさせた上で、その言いようですか」

「儂を置いて弟子と死出《しで》の道行きをしたような浮気者じゃ。偲《しの》んでやるほどの価値なぞあるものか」

「妾として尽くしていながら初心《うぶ》な弟子をその気にさせて不義にもっていけなどと言う主より、師を裏切ったことへの後ろめたさのあまり死を選ばんとするような純真な若者に惹《ひ》かれ、その若者への謝罪の意をこめて運命までともにした女への言葉とは思えませんな」

「あれがそんな女《たま》であるものか――小太郎も小太郎よ。少々色目を遣われたとてすぐに師の女に手を出すようでは、やはり不浄役人の小倅だけあって、道理をわきまえぬ不束者《ふつつかもの》であったということであろう」

「己のやったことを棚に上げて、ずいぶんと勝手なもの言いですな。お菊が年季奉公していた女郎屋の女将《おかみ》とは、お菊に対する見方が大いに違っておるようですが。村上殿の他人を見下すもの言いを聞く限り、どちらの品定めが正しいかは明らかでしょう。それは、小太郎殿についても同じ。

いずれにせよ、はっきり断ぜられることが一つあります――それは、そこもとが何と言われようとも、二人が村上殿の唆しの結果、死を選んだは間違いない事実だということ」

裄沢の断罪にも、白堂にはわずかも自省するところはなかった。

「だからなんだ。そんなことで儂を罪に問えるとでも思うておるのか。第一、ここで儂が何を話したかについて、そなたやあの怪しい商人が何を言おうとも、それが公《おおやけ》の場で信じてもらえるとでも思っておるのか。儂が『違う』とひとこと言えば、そなたの語る話に耳を貸す者なぞ誰一人おるまいよ。

さあ、尻尾を巻いて逃げ帰り、歯嚙みでもしながら身を慎んでおれ。苦情はそなたのような下郎ではなく、町奉行殿へ直接申し上げるゆえ、厳しいお沙汰が下るのを覚悟して待っておることだな」

「そのように相手を見下し、お菊と小太郎殿を己の思うように動かしましたか」

「なに、たかが女郎と不浄役人の小倅ではないか。どうしようが、儂がどうこう言われる筋合いなどないわ」

「ほう、さように聞き苦しい高言を糾弾したとて、耳を貸す者はおりませぬか」

「ホンにいるというなれば、そんな珍しい者はこの目で見てみたいものよな」

完全に開き直った白堂が裄沢をせせら嗤っていると、また別な者の声が聞こえてきた。

「おう、ここにいるぜぃ。そんなに見てえなら今出てってやるから、目ン玉ヒン剝《む》いてとくとご覧《ろう》じやがれ」

そう言って裄沢が開け放したままだった襖の陰から、また二人の人物が現れた。

「そ、そこもとらは……」

白堂が絶句する。

新たに現れた二人のうちの若いほう、啖呵《たんか》を切ってみせた男がまた口を開いた。

「今さら名乗るまでもねえだろうが、しっかり聞かせてやるから耳ぃかっ穿《ぽじ》ってようく拝聴しねえ――おいらぁ北町奉行所の吟味方与力、甲斐原之里ってえモンだ。

そしてこっちに控えしお方は、南町奉行所の前《さき》の筆頭与力、中屋銑十郎殿よ

——お前さんの弟子だった小太郎殿の御尊父《ごそんぷ》だ。お前さんがよぉくご存じのお人だろうが」

白堂は狼狽《うろた》えて、「中屋殿がなぜここに……」などと呟くばかりである。

そんな白堂の醜態《しゅうたい》を、中屋は口を閉ざしたまま、怒りを押し殺した冷たい目で見下ろしていた。

甲斐原がさらに捲《まく》し立《た》てる。

「祐沢一人が何を訴えたところでお前さんが『違う』とひとこと言やあ、確かに耳を貸す者ぁいねえかもしれねえ。けど、そいつに南町《みなみ》と北町《きた》の吟味方本役与力の言葉まで加わったらどうだろうねえ。そいでもお前さんの肩ぁ持つような野郎が、果たしてどんだけいることやら」

「あ、証があるか。儂を罪に問えるほどの、証があるとでも言うのか。お菊と小太郎はいずれも自らの意思で死を選んだことに間違いはあるまい。

それを、そなたらが儂の妄言《もうげん》を聞いたというだけで、お白洲で罪ありとするほどの証になるとでも申すか」

「お白洲で罪にゃあ、問えねえだろうな」

甲斐原は、あっさりと認めた。ほっと胸を撫で下ろした白堂へ、しかしながら厳しい言葉を浴びせる。

「けどよ、南と北の両町奉行所は、全員がお前さんを咎人と見なすことになろうぜ」

「ふん。たかが不浄役人ずれに何と思われようとも、屁でもないわ」

強がって嘯《うそぶ》く白堂を、甲斐原は冷たく見下ろす。

「町方に面と向かって不浄役人とほざいたその口が、おいらたち町方の全員を敵に回したんだと知るがいいや。

お前さんの息子の上役にあたる組頭が、加役に任じられそうだって話らしいが、いくら『ところ構わず』で咎人追捕を行う火付盗賊改っつったって、南北の町奉行所の全員からソッポぉ向かれて、果たしてまともにお役をこなせるモンかねえ」

「わ、儂はすでに隠居の身。そのような俗世《ぞくせ》のことどもなどは、すでに与《あずか》り知《し》らぬ立場よ」

そう言い捨てて立ち上がると、さらなる非難を避けるかのように、突っ立ったままの三人のいずれとも目を合わせることなくフラフラと座敷を出ていった。

桁沢も、後から姿を現した甲斐原や中屋も、この四半刻（約三十分）ほどでめっきり歳を取った様子の白堂を黙って見送る。

そのまま皆がしばらく無言であったが、白堂の気配が完全になくなってから桁沢が口火を切った。

「それがしにできるのは、ここまでにございました。最後まで追い詰めることができず、力不足で申し訳ございませんでした」

深々と頭を下げる桁沢に、中屋が「いや」と声を掛ける。

「誰にも明らかにできなんだ真相を、桁沢殿はしっかり解明してくだされた。何があったのかをはっきり知ることができ、それがしもようやく得心がいき申した。なにより、これで死んだ倅の供養《くよう》がきちんとでき申す——桁沢殿、真にありがとうござった」

中屋は、南町の古参与力という立場でありながら、一介の町方同心に過ぎない桁沢にしっかりと頭を下げた。

「中屋様、過分なお言葉痛み入ります。どうか、お直りください」

恐縮する桁沢の言葉に、中屋は頭を上げつつ桁沢を見やる。

「それでさらなる願いを口にするのは烏滸《おこ》がましきことなれど、いま一つ聞いてはもらえぬだろうか」

「……どのようなことにございましょうか」

裄沢は中屋に同情しつつも、今度はどんな無理難題を吹っ掛けられるかと警戒しながら問うた。

「お菊と言うたか。小太郎の心中の相手がどこに埋葬されたか、調べてはもらえぬだろうか。

あのような不始末をしでかした倅なれば、中屋家の墓地に入れてやることはできぬが、せめてあの世で添《そ》い遂《と》げんとした相手と一緒に瞑《ねむ》らせてやりたいと思うてな——親馬鹿じゃ、嗤《わろ》うてくだされ」

涙を堪《こら》え微笑《ほほえ》みを浮かべてこちらを見る中屋へ、裄沢は「いえ、確かに承《うけたまわ》りました」とはっきり請け負った。

甲斐原が、慰労を籠めて裄沢の肩を軽く叩いた。

九

白堂をやり込めた料理茶屋の前で甲斐原らと別れた裄沢は、己の勤め先である北町奉行所に真っ直ぐ戻らず、東へと足を向けた。御蔵前《おくらまえ》に突き当たったところで蔵前通《くらまえどお》りを北上し、吾妻橋《あずまばし》で大川を渡る。この辺りの大川は、浅草川《あさくさがわ》と呼ばれることもある。

吾妻橋を渡って本所《ほんじょ》に至ると、さらに北上して源森橋《げんもりばし》手前の広小路に着いた。その前方右手には、目的地である中《なか》ノ郷瓦町《ごうかわらまち》が延々と続いている。訪ねる先の植木屋・備前屋《びぜんや》は、中ノ郷瓦町に入ってからはすぐに見えるところに建っている。

「御免」

見世先で訪《おとな》いを告げた裄沢は、すぐに奥へと案内された。もはや何度も訪れている座敷には、すでに見世の主の嘉平《かへい》が座していて裄沢の到着を待っていた。

「こたびはいろいろと面倒をお掛けした。お蔭様にて、どうにか面目を保つことができたようです。重々感謝致します」

部屋に入ってすぐ、桁沢は備前屋の主に頭を下げた。

「どうかお直りください。少しでもお役に立てたのならば、よろしゅうございました」

備前屋は穏やかに返してきた。

海狗腎を執拗に求める白堂を釣り出すために、桁沢が協力を仰いだのが備前屋嘉平だった。

御用聞きにせよ武家である町方役人にせよ、普段の言葉遣いや立ち居振る舞いからして商人とは違っており、たちまちにして見破られる恐れがある。そこで桁沢は、大名とも直に話をするだけの押し出しのある大商人、備前屋に白羽《しらは》の矢を立てたのだった。

桁沢の依頼を受けた備前屋は、四目屋から紹介を受けた怪しい商人に成りすまし、頭巾で面体を隠して白堂から本音を引き出したのだ。

「しかし、手前のような者の小芝居に、ようも騙されてくれたものです。いつ馬《ば》脚《きやく》を現してしまうかと、あの料理屋にいる間中、冷や汗をダラダラ流しておりました」

苦笑いを浮かべながらも、安堵の表情で備前屋が述べる。

「いやいや、真《しん》に迫った実にいいお芝居にござった。本職も裸足《はだし》で逃げ出すほどではと、真《まこと》に感心させられました」

お世辞などではなく、裄沢の本心からの言葉である。それは、備前屋の迫真の演技についてのみ語ったものではない。

ひた隠しにしている事実を白堂にどう吐き出させるかについては、無論のこと裄沢が事前に筋書きを書いて備前屋に伝えてあった。とはいえ、本番での当意即《とういそく》妙《みょう》の掛け合いで白堂の本音を引き出した備前屋の創意工夫がなければ、ここまでの結果を得ることはとうてい無理であった。

ちなみに、膃肭臍にまつわる諸事については半分、新たな加役が任じられるという噂については丸っきり、白堂から自白を引き出すための裄沢の創作である。これに乗じて甲斐原が「跡継ぎに大迷惑を掛けた」と白堂を責め立てたのも、裄沢のでまかせを全て承知の上でやったことだった。

備前屋は、裄沢の言を「おからかいくださいますな」と真《ま》に受けることなく流す。

「冗談やからかいで申しているわけではありません。備前屋どのはもしや、仲間内の余興でひと幕演じるようなご経験がお有りでは」

「滅相《めっそう》もない。こたびのこととて、求めてこられたのが恩義ある裄沢様でなくば、断固お断りしておるところにございます」

裄沢は、備前屋が実の娘とも思う美也と、裄沢の幼馴染みの来合を結びつけるために大いに骨を折った。その甲斐あって二人は目出度《めでた》く結ばれたのだが、往時の裄沢の苦労を間近で見ていた備前屋は、返せぬほどの恩義を感じていたのである。

「無理を申し上げて、本当に申し訳ありませんでした」

裄沢は、再びしっかりと頭を下げる。

「いえ、手前のような者でもどうにかお役に立てたようで、本当によろしゅうございました。上手くいったとのこと、ようやく肩の荷が下りた心持ちにございます――して、あのお人はどうなりましょうか」

備前屋が口にしたのは、白堂のことである。先刻の料理茶屋での面談が初対面であったが、それだけで大いに不快を覚えたようだ。

「罪に問うところまでは、いかないでしょうな」

裄沢の穏やかな返答に、「それは……」と思わず口にした備前屋の声には無念さが表れている。もしかしたら「自分がもっと上手くやれていれば」と、己の力足らずを悔やんでいるのかもしれなかった。

備前屋の助力に感謝しつつ、裄沢は続ける。

「さりながら、このままということにはなりますまい」

口を閉ざしたまま自分を見つめる備前屋へ、もうひと言付け加えた。

「武家には、武家の法《のり》というものがありますから」


小日向に居を構える村上白堂は、「老耄《ろうもう》によりあらぬことを口走るようになった」との理由で、ほどなく家を継いだ嫡男のところへ引き取られることになった。「人に会わせられる状態ではない」として、以後いっさいの来客を断り組屋敷に建てた隠居所に引き籠もったと言う。

口さがない者は、「白堂殿は本当に耄碌《もうろく》したのか、あるいは何か悪事《おイタ》をしたのかは知らぬが、倅であるご当主の判断で座敷牢に閉じ込められているのだ」と噂した。

なお、村上家の上役である先手組の組頭は、お役を退くまでついぞ加役に任ぜられることはなかった。

第四話　冬芽《とうが》

一

　これは、裄沢が小日向の心中騒動に関わるよりも、ほんの少し前の話である。

　そのころの裄沢には、また一つ懸念すべきことが生じていた。

　ある日の北町奉行所《きたのごばんしょ》からの帰り。表門を出ることなく、人の目を避けるようにして奉行所本体の玄関脇に佇《たたず》んでいた裄沢は、一人の大男が表門に並ぶ同心詰所から出てきたのを見つけて足を踏み出した。

「よう、今帰りか」

　大男は、声を掛けられて初めて裄沢が近づいていたことに気づいた。裄沢の幼馴染みで最も親しい友人、来合轟次郎である。

「ああ、広二郎か」

ぼそりと返してきた来合に、裄沢は眉を顰《ひそ》めた。

「『ああ広二郎か』じゃねえだろう。そんなふうにボオッとしてちゃ、お前さんのすぐ目の前で掏摸《すり》や掻《か》っ払《ぱら》いが仕事してても見逃しちまうんじゃねえのか。廻り方で一番の若手がそんなんじゃあ、北町全体の名折《なお》れだぜ。いったい、どうした」

ウム、と唸《うな》るだけの来合に、裄沢は畳みかける。

「まさか、美也さんと喧嘩したとか言うんじゃないだろうな」

「まさか。おいらと美也に限って、そんなワケがあるか」

愛妻の名が出たとたん、来合は即座に反応した。

「そうだよな。美也さんの尻に敷かれてるお前じゃあ、喧嘩になんぞなりようがねえもんな」

「誰が尻に敷かれてるって？」

ムッとした顔でからかいに乗ってきた来合を、裄沢は笑って流す。口調を変えて、さらりと問うた。

「じゃあ、どうしたんだ」

裄沢から茜射《あかねさ》す空へと視線を上げた来合は、ぽつりと応じる。

「ちょいと、気になることがあってな」

そのまま口を噤《つぐ》んだ来合に、水を向ける。

「じゃあ、一杯引っ掛けてくか」

わずかに躊躇《ためら》った後、来合は小さく頷いた。

「軽くだぞ？」

裄沢の牽制《けんせい》に、来合は「当たり前だ」と応じる。所帯《しょたい》を持ってすでに季節が一つ移り変わったが、まだまだ来合のところはお熱いままのようだ。


二人が向かったのは、奉行所前の呉服橋《はし》を渡ってすぐのところにある、いつもの蕎麦屋兼業の一杯飲み屋だった。縄暖簾《なわのれん》を潜《くぐ》って中へ入ると、珍しく空《す》いている。

どうする、と目で問うたのは、内密な話なら二階の小座敷を借りるのが通例になっているからだ。

「いや、そこの端でよかろう」

来合は答えると、自ら客のいない片隅へと足を向けた。

「で、どうした」

注文を終えて簡単な酒肴が並ぶと、来合のぐい呑みに酒を注ぎながら問うてみる。

来合は、酒で口を湿《しめ》してから言葉少なに答えた。

「実は、横手《よこて》のことでな」

「横手……先だって町奉行所《ごばんしょ》を辞めた、横手さんのことか」

市中取締諸色調掛《しちゅうとりしまりしょしきしらべがかり》同心だった横手新三郎《しんざぶろう》は、元吟味方与力の瀬尾に脅され悪事の片棒を担がされていたことが発覚し、その責を取って町奉行所を辞めていた。

来合は、先達である横手に世話になりながら、どちらが廻り方になるかという出世争いで競い合ったが、事実上横手の自滅で来合のほうが定町廻りに任じられるという結果になった。そればかりでなく、瀬尾の悪事を暴《あば》くのに連動する形で横手の不正も明らかになったから、これにひと役買った来合は、横手を辞めさせるのにも加担したことになる。

つまり来合は、感じる必要のない負い目を横手に対して背負《しょ》っているということだろう。

友人の感傷に思うところのある裄沢の問いに、しかしながら来合は「いや」と応じる。

「俺が言ってるのは、横手さんの倅の新八《しんぱち》のほうだ」

　悪事の片棒を担いだ横手新三郎は当初、罷免《ひめん》の上追放の処分が下るはずだったが、情状を考慮し隠居して倅に跡を継がせるという形で決着している。新八というのは、その跡継ぎの倅のことだろう。

「もう見習いで出仕してるのか」

「ああ、今は町火消人足改《まちびけしにんそくあらため》でやってるそうだ」

　町火消人足改は、いろは四十八組と本所深川の十六組、計六十四組の町火消しを統括し、出火の際には消火の指揮を執《と》り避難の誘導をすることなどを任務としている。暮らしの中で火を扱うことが増えると同時に火事も多発する十一月から三月にかけての半年弱は、同心の定員が二名増やされた。

　横手の倅は、臨時増員としてここに配属されたのだろう。

「その、新八がどうした」

「父親が急に隠居することになったもんで、新八は無足（無給）を飛ばしていきなりまともに俸給をもらえる見習い同心として採用されてるんだけどな」

　町方同心は通常の幕臣とは違い「抱え席」と呼ばれる身分であり、建前上は一代限りの奉公とされた。実際にはよほど問題がない限り、現職者の嫡男が「新規お抱え」扱いで採用され実質的に跡を継げるのだが、父親が現職で在籍しているうちに無給の見習いとして出仕し、仕事を憶えるのが通常の形態だった。

ところが、横手の父は犯した罪の責任を取るとして急遽《きゅうきょ》隠居することになったため、嫡男の新八は庇護《ひご》する者のいない状態で町奉行所へ出仕するしかなかったのである。本来ならば無足見習いから始めるべきところ、それでは暮らしが成り立たないことから、若干低いとはいえ一人前の俸給を最初から受け取る形での出仕とされたのだった。

「ああ、俺のときと同じだな」

裄沢の父は嵐の最中《さなか》の見廻りで殉職《じゅんしょく》したことから、裄沢も最初から俸給を得られる見習いでの出仕となっていた。

「お前さんたぁ、無足を飛ばすことんなった事情が違う。不祥事《ふしょうじ》の責任取って辞めた親父の代わりで入ってきた新八は、まず間違いなく肩身の狭い思いをしてるはずだ」

「しかし、それも覚悟の上で勤めに出たんじゃないのか」

「そりゃあそうだろうけどよ、元服したかどうかぐれえの若造が、世間知らずのままたぁだ頭で考えてたことと、実際やってみて直面する現実は違っててんだろう。この一、二年で初出仕して、まだ無足見習いでいる連中から『あいつだけ特別扱いは気に食わねえ』ってんで仲間はずれにされたりすりゃあ、慣れねえ仕事してかなきゃならねえのに、気の置けない友人《ダチ》が一人もいねえのと一緒だよ。

その上に、手前《てめえ》が仕事を教わるべき先達の面々からも冷たい目で見られたりしてりゃ、毎日が針《はり》の筵《むしろ》で居場所もねえような心持ちだろうよ」

「そんなことになってるかもしれないと？」

「ただの思い過ごしなら、ここまで案じちゃいねえさ」

「……その話、どっから聞いた」

「町火消人足改にゃあ、斉木《さいき》がいる」

斉木は、町奉行所へ初出仕したのが来合と同じ時期だった男である。父親の死で二人より早く勤めに出た裄沢とは、来合も含めて同い歳《おないどし》であった。

「それで、お前さんは新八に気を配ってやりたいのにできなくて、悶々《もんもん》としてるってか」

「おいらぁ……」

来合は口ごもってしまった。

——ずいぶんと世話になった新八の父親を出世争いで蹴落とした。

——新八の父親が罪を得て隠居せざるを得なくなったのへ加担した。

そんな負い目が、差し出すべき手を伸ばせない心境に陥らせているのだ。いつも積極果敢《せっきょくかかん》な来合らしくない臆《おく》し方だった。

「まあ、お役が一緒ならまだしも、他部署《よそ》の者《もん》がこまめに面倒を見るってワケにはいかないな――それで、当人と話ぐらいはしてみたのか」

「ああ、会いに行って話してみた」

「で、何て?」

短い返答に満足しない裄沢の催促に、来合は溜息をつく。

「淡々としたものよ。『自分は平気だ、来合さんが何を心配しているのか判らない』ってな――取り付く島もねえってえのは、ああいうのを言うんだろうな」

「……お前さんが目の敵《めのかたき》にされてるってことはないんだな?」

こう問うたのは、父親の悪事発覚に来合が関与していることを知っているかはともかく、尊敬する父親と廻り方の席を争った相手が来合だということははっきり認識しているはずだからだ。

来合の答えは、「判らねえ」というものだった。

「当人が言うにゃあ、定町廻りになれなかった後の横手さんは人が変わったように駄目な人間になっちまったから、おいらのこたぁどうとも思ってねえそうだ。あんなふうに堕《お》ちるような男なら、廻り方にならなかったなぁ世間のためを考えりゃあ却って幸いだし、悪事がバレて御番所を辞めざるを得なくなったことも、当然だとしか思わねえとよ」

来合はまた溜息をつく。

「おいらじゃなくって横手さんが定町廻りになってりゃあ、こんな七面倒臭《しちめんどくせ》えことにゃなっちゃいなかったのかな」

珍しく弱気なことを言う来合に、裄沢は厳しい目を向けた。

「お前らしくもない。なんだ、その言い草は。

お前が定町廻りに抜擢されるきっかけとなった火付けの捕縛は、あの場ではお前しかできなかった。一緒にいた横手さんは、持病の癪《しゃく》（差し込みによる腹痛）でとてものこと対処は無理だったからな——そんなのは、お前だって十分判ってることだろう」

無言の来合に、裄沢は口調を改めて続ける。

「そんな昔のことをほじくり返したって、何にもならんだろうが。あったことはあったこととして、今は御番所内での新八の孤立をどうするか、考えなきゃならないのはそっちなんじゃないのか」

「……お前の言うとおりだな」

「今まで独りであれこれ悩んでたのか」

「お前さんは、おいらに関わったせいで横手さんの悪事を暴くことんなった。そんな奴に、倅のほうの面倒まで見ろたぁ言えねえだろ」

「水臭《みずくせ》え」

吐き捨てた後、付け加える。

「何ができるか判らねえけど、俺も気にしておくことにする」

裄沢が放った宣言に、来合は頭を下げるでもなく、ぐい呑みの酒をひと息に乾《ほ》した。

二

裄沢が見習い同心の横手新八と話す機会は、存外に早く訪れた。ある夜の宿直《とのい》番《ばん》で一緒になったのである。

しかしながら、宿直をともに行う人員は二人だけではない。裄沢は、突っ込んだ話ができるまでじっと待った。

夜になって皆で弁当を使い、茶を飲みながら雑談する。何かあったときの待機ではあるが、外から知らせが来ればまずは門番が対応するため、火事の半鐘《はんしょう》でも聞こえてこない限りノンビリしたものだ。

全員が同心とはいえ、歳もお役も役格も違う者らによるこの場限りの集まりだから、談笑しても大騒ぎするようなことにはならない。それぞれに気を遣い合いながら、静かに仕事や家でのことなどの話をし合った。

ただ、横手新八だけはその輪からはずれていた。独り皆から少し離れたところに座し、何をするでもなくただ口を閉ざしている。

周囲の者にも、横手を気遣う素振《そぶ》りはなかった。雑談の輪に呼ぼうともせず、放置して顧《かえり》みることはない。

まるでそこにいないかのような扱いが、今の新八の立場を如実《にょじつ》に表していた。

「さて、そろそろ寝るか」

夜も更《ふ》けてきて、この場の最年長である定触役《じょうぶれやく》が音頭を取る。

町方の宿直は何かあったときに備えて御番所にいればいいだけで、夜《よ》っぴて起きている必要はない。いざとなれば門番を勤める小者が叩き起こしてくれるのだから。

夜半まで何も起きなければそのまま就寝できるように、寝具の用意もされていた。

定触役のひと声で皆が話をやめ、若手の一人が湯飲みを集めて片付け始めた。皆から離れていた新八も手伝おうとするが、「さほどの量はないから」と断られた。新八は所在なくその場に佇むが、皆は気に掛ける様子もなく、さっさと仮眠を取ろうと隣の部屋へ移動していく。

「裄沢さんは？」

座に着いたまま動こうとしない裄沢へ、定触役の同心が促《うなが》してきた。

「少しまとめたい書き物がありますので、後で参ります」

そう断ると定触役は特に気にすることなく「ではお先に」とその場を後にした。

冬の夜中の同心詰所は、広いばかりで閑散として寒さが身に染みる。

そんな薄暗い部屋で、新八は手伝いを断られた場にまだ突っ立っている。裄沢を含めた自分以外の全員が立ち去っていれば、しばらくここに残って皆が寝静まってから、隅でそっと蒲団に入ろうとしていたのかもしれない。

「こっちへ来て火鉢に当たらないか」

裄沢が、新八を誘った。わずかに逡巡する素振りを見せたものの、新八は素直に裄沢の言葉に従った。

「御番所の仕事はどうだ」

裄沢が、薄ぼんやりと赤く熾《おこ》る炭に目を落としたまま問い掛けた。

「どうかと言われても、上役の与力の方や先達に命ぜられたことをやるだけです──私はこたびが初出仕ですから、他の何かと比較することもできませんので」

「お父上から聞いていた話と、実際やってみて違うように感じたなどということは」

「父とはあまり話をしませんから、そういうのはありません」

来合から聞いたとおり、どこまでも淡々とした話しぶりだった。

「横手さんは、そなたとはあまり話をなさらぬのか」

「私と、というより、母を含め家の者の誰ともほとんど話しません」

「それは、昔から？」

それまで淀《よど》みなくスラスラと答えていた新八が、ここで初めて一拍空けた。

「昔は、もっといろいろと話をしていたように思います。昔と言っても、二、三年ほど前までは、ということですが」

「お変わりになったと？」

「廻り方になれずに市中取締諸色調掛にお役替えになったころからだったでしょうか。私も、そのころは父に落胆しておりましたので」

今ではすっかり諦めてしまって、もはや何の感情も覚えはしないということか。実際に新八の父が変わったのは、瀬尾に弱味を握られ、悪事の片棒を担がされ始めた時期と重なっている。

新八は己の言葉に付け加えた。

「決して、廻り方になれなかった父に落胆したわけではありません。廻り方に選ばれなかったことで、急に覇気《はき》がなくなってしまったことにがっかりしたのです

――当時は、そのように自分に言い聞かせていただけかもしれませんが」

新八の父親が覇気を失った理由は別にあったのだが、そのことはよい。

裄沢は、表情を変えることなく淡々と語る新八をチラリと見た。この歳で、さらに不遇を託《かこ》つ状況にあって、腐ることも反発することもなく自分を冷静に見ることができるのは、この若者が有する得がたい長所であろう。

「ところで裄沢様は、まだお仕事があったのではありませんか」

皆と一緒に寝に行かないための理由にした言い訳を、新八は気にした。

「ああ、さほど大事なものではない。明日に回せるし、どうもやる気が起きないしな」

「ここに私が居残って、お邪魔をしてしまいましたか」

「いや、仕事を後回しにする理由になってくれて、ありがたいくらいだ」

裄沢がそう返すと、新八はわずかに微笑んだ。その笑みを残したまま、ポツリと告げてくる。

「父のことで我が家がお取り潰しにならなかったのは、裄沢様が上の意向に逆らって抗議をしてくださったからだそうですね」

「一介の同心でしかない俺に、そんな力があるものか」

「でも、上に楯突《たてつ》いて抗議をしてくださったのは事実だと」

「誰がそんなことを？」

新八はその問いには答えず、別なことを口にする。

「感謝をしております——けど同時に、『余計なことを』と思ってしまう自分もいます」

「……もし俺がそんなことをやっていたなら、そなたには余計なお世話だったと？」

「感謝をしていると言うのも本心です——こんなことを口にするのは、ずいぶんと生意気ですよね」

「いや、歳の離れた若者から本音で語ってもらうのはありがたい——それで、もし家が潰れていたなら、そなたはどうしていた」

「はて、どうしていたでしょうか。こんな若造が世の中に放り出されても、できることなんて高《たか》が知れていたでしょうしね」

「それでも、町方の身分を離れて世間を見てみたかったと？」

「ある意味、いいきっかけになっただろうとは思います——まあ、世の中を知らぬ甘ちゃんの世迷《よま》い言《ごと》でしょうけれど。ただ、そういう想いが自分の中にあるのも確かなことですから」

——それは、父親の不祥事によって起こった気持ちの変化なのか、あるいは昔からのこの若者の想いなのか……。

そう考えを巡らせてみるものの、口に出して問うことはしなかった。

「こんなことを言っても、裄沢様は窘《たしな》めたりお説教をしたりはなさらないのですね。他の方々なら、『町方としての自覚をしっかり持て』だとか、『不始末をしでかした父親の分までそなたが頑張らねばならないのに、なんとくだらない戯言《たわごと》をホザいておるのか』、なんて叱ってくるところなのに」

不思議なものを見るようにこちらの顔を覗《うかが》う新八に、苦笑が浮かぶ。あるいは、こうした突き放したものの見方をするということが、新八が孤立する一因なのかもしれないと思わされた。

「俺に、そんなことを言う資格はないからな」

「？」

「自分が町方役人である——今もそう在り続けていることに違和を感ずる男が、説教も何もできるわけがないさ」

「裄沢様が……」

「俺が陰でどう呼ばれてるか、聞いたことはないか？　俺は、『やさぐれ』だそうだ——まあ、そう言われても仕方のないことばかりやってるという自覚はあるから、何も言い返せないんだけどな」

「そうなのですか？」

「そなたも俺が、『何かことあるごとに臆面《おくめん》もなく上役に楯突く男』だという噂を耳にしたことがあるだろう？　今のお役や、町方であるという身分を大事に思っている者に、そんなことのできるはずがあるまい」

「……確かに、言われてみればそうかもしれませんね――でも裄沢様は、なぜそんなお考えに？」

「そなたと、さほど事情は変わらぬ」

「？」

「俺も父を急に亡くしたゆえ、無足を飛ばしていきなり俸給をもらえる見習いとして出仕することになった。もっとも俺の場合は、殉職した父の跡を受け継いだ格好だったから、そなたよりはだいぶマシであったろうがな」

新八との差違をあえて明らかにしたのは、共感を覚えた後に当人が裄沢との違いを知ったならば、都合のいいように隠し立てされたとして、却って悪感情を持たれかねないと考えたからだ。

「ただ、俺の周りには味方がいなかった。いるのは、おちゃらかして楽しむか、自分の仕事まで押しつけて己は楽をしようと企むか、妙な妬み心《ねたごころ》でこちらを陥れんと狙ってくるような者ばかりでな――まあ、俺の頑《かたく》なな心の有りようが、そう思わせていた部分もあったであろうがな」

「……私も、そうだと？」

問う声は微かであったが、裄沢は「いや」と断言した。

「そなたの場合は、皆の見る目が違っておろう——そなた本人には、なんの罪科《つみとが》もないというのにな」

顔を上げて前方の何もないところを見つめる新八は、「そうでしょうか」と小さく呟いた。

新八は、本来ならば自分が町方同心としてここにいるはずはないという、後ろめたさのようなものを覚えているのかもしれない。

裄沢は、話柄《わへい》を変える。

「もし町方でなくなっていたなら、父母を養っていくのにどうしただろう、などと考えることはなかったか」

「もしそうなっていたら、自分のことだけで精一杯だったでしょうね。母のことは……そのぐらいは、あの父に頑張ってもらわねば」

感情の起伏を悟らせない語り口を続けていた新八が、最後のところだけは固い口調になった。やはり、父親に対して思うところはあるようだ。

「俺の場合は、親も妻子も皆いなくなった後だから、その点はそなたよりずっと気楽でいられたのであろうな」

穏やかな口調で、そう述べた。

「裄沢様には、お内儀やお子様がいらしたのですか？」

驚いた口ぶりからすると、裄沢の事情は知らなかったようだ。まあ、付き合いもほとんどなく関心を向ける要もない相手とあらば、当然のことだろう。

「ずいぶんと昔のことさ――さあ、そろそろ我らも寝ようか。あまり夜更《よふ》かししていると、せっかくの宿直明けを一日寝て過ごすことになりかねん」

気分を変えてそう促してきた裄沢に、新八は「はい」と応じて座を立った。

最後に気になることを聞いたが、新八はなぜか、いつもより心が軽くなったような気がしていた。

一方の裄沢は、新八の様子が思っていたより荒れたものではなかったことに、懸念が半分解消されたという安堵を覚えていた。と同時に、そのままにしておいてよいのかどうか迷うような、気に掛かるものも感じていたのである。

三

武家の当主となった新八の朝餉《あさげ》は、いつもたった一人で食することが習慣となっている。その場には母がいるが、これは新八がお代わりをする際などのお膳の世話をするためであって、母自身の朝食は新八の後になるのだ。

以前は当主であった父と嫡男の新八の二人で摂《と》っていたが、父が隠居した今はただ一人の食事の場となった。もっとも、廻り方の席を争い破れた後の父は、次第に飲んだくれるようになって朝を抜くことが多かったため、新八にとって独り飯は以前より慣れたものだったのだが。

ちなみに、隠居してからめっきり酒の量が減った――というか、気力そのものを完全に失ってしまったような父は、新八と同席することもできるはずなのにそうはせず、朝食に限らず毎回の膳を自身の居室に運ばせるようになっていた。

母は新八の世話につくから、父の相手をするのは奉公人である。食事に限らず、新八の知る限り、父と母はあまり触れ合いがないように見えていた。

「御馳走様でした」

新八が箸を置くと、茶が出される。

それを喫し終えて出仕のために着替えるべく座を立つと、新八の膳を片付けていた母も手伝いのために後ろに従った。

新八と母の間にも、あまり会話はない。するにしても「ただ今帰りました」と
か「おやすみなさい」などといったお定まりのものがほとんどだ。めったに顔を
合わせることのない父とは、言葉を交わすこと自体稀《まれ》だと言えた。

「それでは行って参ります」

戸口で受け取った刀を腰に差してから、新八は告げる。

「お気をつけて行ってらっしゃいませ」

母の言葉を背に受けて、新八は己の組屋敷を後にした。

「横手、ちょっといいか」
同心詰所でひと仕事終えてほっと息をついているところへ、なぜか周りの様子
を覗うように話し掛けてきたのは、新八と同じく今年初出仕したばかりの見習い
同心の酒田《さかた》だった。
ただし、父が急遽隠居した跡を受けた新八とは違い、いまだ現役である父親の

届けが認められての出仕だから、新八より数カ月は先達となる。当然、酒田は父親が俸禄を得ているため、新八とは違ってまだ無足の見習いだ。

そのせいか、あるいは新八の父の不祥事への嫌悪からか、いつも新八など目に入らぬという態度の男が、今日はなぜか自分から声を掛けてきた。

確か酒田は、自分の今のお役とは関わりの薄い門前廻《もんぜんまわ》りのお役に就いているはずだ。

「何ですか」

「ちょっとこっちへ来い——ああ、相談があるんだ。少し付き合ってもらえないか」

新八の戸惑いを見て、乱暴な言い方で感情を害したと思ったのか、酒田は言い方を改めてきた。きかん気な酒田にしては珍しいことだ。

新八は頷いて素直に後に従う。連れていかれた先は奉行所本体の建物を右手に行って年番部屋《ねんばんべや》の角を曲がったさらに向こうにある空き地で、酒田以外に二人、やはり今年初出仕した者らが待っていた。

痩せて背の高い宮原《みやはら》と、小太りでのんびり屋の山田《やまだ》。宮原は町会所掛《まちかいしょがかり》、山田は定橋掛《じょうばしがかり》であったように記憶している。本日はどうやら、酒田を含めてこの全員が出仕日らしい。

新八の理解するところによれば、門前廻りは「対客日《たいきゃくび》」という老中や若年寄《わかどしより》が諸大名などから陳情を受け付ける日に、その役宅前が混乱しないよう来訪者の整理をするお役、町会所掛は町人たちの自治組織である町会所へ指導や通達を行うお役、定橋掛はお上が架けた橋の維持管理を行うお役である。

新八の町火消人足改を含め、いずれも同心の定員数が多くて半端者の一人や二人が混じっても大勢に影響がないか、町奉行所にとってはそのお役自体がさして重要度や緊急性の高くないものだということなのであろう。右も左も判らぬぽっと出の見習いを置くには、都合のいい場所なのだ。

「これで全員揃ったな」

酒田が残りの三人を見回しながら言う。

これで全員ということは、酒田たちが集めたのは今年入った見習い同心だけということになろう。ただ、今まで仲間はずれ同然の扱いを受けていた自分が、なぜこたびだけ加えられたのかは不思議だった。いったい何をするつもりなのか、新八は内心で警戒していた。

そんな新八の心境など気にするふうもなく、酒田は皆を集めた目的を語り出す。

「実は、山田が耳寄りな話を拾ってきてな」

山田はおっとりと頷き、自分同様何も聞かされていない様子の宮原は「耳寄り？」と呟く。酒田は委細《いさい》構わず話を進めた。

「山田が一人で橋の見廻りに出向いていたとき、四谷御門《よつやごもん》の近くでところの御用聞きが声を掛けてきたそうだ」

山田も初出仕から半年以上が経ち、簡単な仕事なら一人で任されるようになっている。おそらくは上役か先達が、息抜きをさせることも兼ねて特段問題のない場所へ定時の見廻りに出向かせたのだろう。

酒田の話に宮原が疑問の声を上げる。

「御用聞き？　ところの御用聞きが、定町廻りや臨時廻りでなく、見習いの定橋掛に声を掛けてきたというのか」

酒田は「まあ黙って聞け」と取り合わずに先を続けた。

「その御用聞き――中根《なかね》の甚六《じんろく》というそうだが、その男から山田はご注進を受けたということだ」

「いきなり話し掛けてきて、『この近くで不穏なことを企《たくら》んでる奴らがいる』と訴えてきたんだ。『定町廻りの藤井さんや臨時廻りの筧さんに告げたんだけど相手にしてもらえない、でもそのままにしておくわけにもいかないから』ってな」

そう、山田が口を挟んだ。宮原と酒田の間で問答が行われる。

「企んでるって、誰が何をしようとしてるのか、はっきりしたことを告げてきたのか」

「悪事を企んでるのは、どうやら近くで屯《たむろ》してる破落戸《ごろつき》どもらしい。そいつらが狙う先は、その御用聞きが探ったところ、どうやら尾張藩御用達《おわりはんごようたし》の蠟燭問屋《ろうそくどんや》じゃねえかってことが判ってきたようだ」

「やろうとしてる悪事って、押し込みか」

「まず間違いないだろうな」

「で、どうするというのだ。藤井さんたちが聞き捨てにしてるなら、眉唾物《まゆつばもの》なんじゃないのか」

問われた酒田は一拍空けた。そして宮原の顔を覗き込むようにして言う。

「なあ。眉唾かどうか、俺たちで調べてみないか」

意気込んで口にした酒田に、宮原は酒田と山田を見比べる。

「山田も同意か」

「皆に相談しようと思ってるとこで酒田に会ったからまず話をしたんだけど、そしたら酒田からこういう意見が出てな」

「宮原は腰が引けてるようだが、もし本当だったらどうする。このまま手をこまねいて、みすみす商家に賊が入るのを見逃すのか」

「腰が引けてるわけじゃ――」

「なら、やってみようじゃないか。ただ調べるだけなら、誰の迷惑にもならんだろう。もし偽情報《ガセ》だったら、調べから手を引けばいいだけだしな」

酒田に押されて、宮原も反対しづらくなっている。山田はすでに、酒田の勢いに呑まれてしまった後のようだ。

「じゃあ、皆で調べるってことでいいな――横手もそれでいいよな」

これまで三人でやり取りしてきたことを、結論が出てからようやく思い出したように同意を求めてきた。

新八も初めて口を出す。

「山田さんに話を持ち掛けてきた御用聞きは、どこに住まう者なのですか」

これには、山田当人が答える。

「それは聞かなかったが、尾州様《びしゅうさま》（尾張藩邸）の西の鉄砲場《てっぽうば》近くで見世を開いている水茶屋に声を掛ければ、すぐに駆けつけるって言ってた」

「狙われている蠟燭問屋には知らせぬのですか」

「本当の話かどうかも判らないのに、余計なことを言って不安にさせても仕方がないだろ」

酒田は舌打ちせんばかりの表情で新八の意見を否定してきた。

本音のところでは、下手に蠟燭問屋に知らせると定町廻りの藤井のほうへ話が行ってしまい、自分たちで動く機会がなくなりかねないのを嫌ってのことではないかという気がする。

しかしもしそれを指摘したなら、今まで以上に酒田に疎《うと》まれ、その結果他の皆からもはっきりと仲間はずれにされてしまうことになろう。

――それでも構わないけれど、下手に角《かど》を立てることもないか。ただ調べるだけなら、酒田たちも言ってるようにどこにも迷惑を掛けることにはならないだろうし。

そう判断した新八は、ひと言「判った」とのみ応じた。

新八を最後に全員の承諾が揃ったことで、酒田は満足そうな顔になった。

四谷御門から外濠沿いに一つ北へと上がったところの御門、市谷《いちがや》御門の西北西に、中根坂《なかねざか》という坂道がある。周囲は武家地ばかりだが、道沿いをわずかに北へ進むと平山町《ひらやまちょう》というさほど大きくない町人地もあった。

もし、山田に声を掛けた甚六という自称岡っ引きの二つ名「中根」がこの坂を指しているのなら、甚六は、実際にあるかどうかも判然としない自分の縄張りから少なからず離れた場所の悪事を嗅ぎつけたことになる。

甚六が真っ当な岡っ引きであれば、たとえ定町廻りに相手にされなくとも、狙われていると覚《おぼ》しき蠟燭問屋を縄張り内に収める同業者へひと声掛けていただろう。

なにしろ蠟燭問屋のある場所が四谷御門の近辺というのに、中根坂や平山町はそこから四半里（約一キロ）以上離れている上、中間には尾張藩の広大な大名屋敷があって、回り道を余儀なくされかなり余計にときが掛かるような位置関係にあるのだから。

それを、ところの岡っ引きには口を拭《ぬぐ》って経験の浅い見習い同心に話を持ち掛けたというところに、甚六なる男の魂胆が隠されていそうだった。

しかし四谷にせよ市谷にせよ、酒田ら見習い同心が生まれ育った八丁堀とはお城を挟んだ反対側、成り立てのヒヨッコどもにはまだ土地鑑《とちかん》などはない。定橋掛の山田とて、城の西方でお上が設けた橋はお濠に架かる物ぐらいだから、そこから離れた場所のことを知らないからといって責めるのは酷《こく》であろう。

いずれにせよ、甚六の唆《そそのか》しに酒田たちは乗ってしまった。自分らが何らかの企みに巻き込まれているとも知らずに。

四

酒田たち見習い同心四人は四谷の蠟燭問屋に対する悪巧《わるだく》みの探索に合意したもののの、それぞれ自分本来のお役があるから好き勝手に動くことはできなかった。

門前廻り、町会所掛、定橋掛、町火消人足改のいずれも外役で町奉行所から外へ出る機会は多かったが、見習いでは単独での行動が許されることは少なく、ましてや四谷方面へ近づく仕事もそう頻繁にあるものではない。

結果として、探索そのものは主に中根の甚六に委《ゆだ》ね、単独で近くを通りかかる機会がある者や非番になった者が、交替で甚六とつなぎをつけて仲間へその内容を伝えるという形を取ることになった。

これで自分らが探索をやっていると言えるのか新八は疑問に思うのだが、酒田に言わせれば「定町廻りだって御用聞き連中を上手く使って咎人の召し捕りに至っているではないか」ということになる。

さらに甚六とのつなぎについても、極力酒田、宮原、山田の三人だけでこなそうとしているようで、新八に順番が回ってくることはこれから先もなさそうに思われた。

——だったら、なぜ俺を仲間に引き入れた？　三人だけでは何かあったときに人数に不足が出かねないから、偶々《たまたま》三人ともに都合が悪くなったときのための手伝い要員が欲しかったということなのか？

そんなことを思うものの、直接問うのも疑っているようで気が引ける。

まあ、誘われたから乗ったけれど積極的に関わりたいと思ったわけではないから、それはそれでいいのだが。

とはいえ、甚六から仕入れた話は途中で止められることなく新八まで回ってきた。

それによると、狙われているのは麴町《こうじまち》十一丁目という、四谷御門のすぐそばの町で商売を営む蠟燭問屋の越中屋《えっちゅうや》。甚六がかねて知らせてきたとおり、尾州徳川家蠟燭御用達の見世とのことだ。

　悪巧みしている破落戸どもの顔ぶれも段々と判ってきたらしい。音頭取りは麴町界隈で鼻つまみ者となっている無頼の浪人。役人の目が届かぬような場末の小見世や振り売りなどばかり狙って強請《ゆす》り集《たか》りを繰り返している、みみっちい小悪党のようだ。

　これに加わる仲間も、遊び人や火消し人足崩れ、地回りからも放り出された半端者といった、愚にもつかない連中が三人ほど。

いかに自分らが見習いとはいえ、これならば与《くみ》し易《やす》しと酒田が安堵した程度の者どもだった。

　仕方なく仲間に入れはしたものの新八の扱いがぞんざいになったのも、あるいはこれが理由だったかもしれない。

　そんなある日、真剣な顔をした酒田から集合が掛かった。皆が寄り集まったのは、町方の組屋敷にもほど近い、亀島町《かめじまちょう》の矢場《やば》だった。

　矢場は、楊弓《ようきゅう》と呼ばれる玩具《おもちゃ》のような短弓で的を狙わせる、町人たちの娯楽場だ。矢場女《やばおんな》と呼ばれる女給の接待を受けながらの遊びだから、客は男ばかりである。

　初出仕前の子供時代にそんなところに入《い》り浸《びた》って顔馴染みとなっていた酒田が、看板主《かんばんぬし》（矢場の経営者）から見世の奥に設《しつら》えた暮らしの場の一部屋を借りて皆を呼び入れたのだった。

「本日非番の山田が聞いてきた甚六からの報《しら》せによれば、いよいよ連中が動き出す気配が濃厚になってきたそうな」

　酒田は家の者を座敷から追い出して仲間を寄せ集め、互いの額《ひたい》を合わせるほどに近づいて口を開く。

　とはいえ見世の喧噪《けんそう》がすぐ近くから聞こえるような場所だから、耳を欹《そばだ》てている者がないか新八は不安に思うのだが、酒田にそんなことを気にする様子はいっさいなかった。これから引き起こされる悪事と、それを防ぎ咎人を召し捕る自分らのあらまほしき姿だけに気持ちがいってしまい、その他のことは眼中にないのかもしれない。

「それで、連中はいつ動く。今宵《こよい》か、明日か」

　宮原が意気込んで問う。

　酒田は聞き込んできた山田をチラリと見てから自身で答えた。

「そこまで確かなことは判らぬが、少なくとも今宵はなかろう――甚六によれば、連中は店仕舞いで奉公人が取り込んでいるところへ押し込んで金を奪い、そのまま大木戸《おおきど》を抜けて新宿《しんじゆく》のほうへ逃走するつもりのようだからな」

山田が甚六から聞き込んだ話を酒田に報せて集合できたのが、皆が仕事から帰ってきた後の、陽も沈んだ今の刻限。もし今日が連中の決行日であれば、ことはすでに終わっていることになる。「今日はなかろう」というのは、今日であってほしくないという、酒田の願望にすぎぬように新八には思えた。

まあ、もし終わってしまったなら自分らにはもはやどうしようもない。皆に従ってまだであることを前提に、この先どうするかを詰めるべきであろう。

「連中がいつ動くか判らぬとなると、我らはどうします。本日も集まれたのはこの刻限です。見世を襲う日もそうであれば、とうてい我らは間に合わぬことになりますが」

新八の指摘に、宮原は難しい顔になる。しかし、酒田は何やら自信があるようだった。

「それについては、俺に腹案《ふくあん》がある――よいか、明日は幸いにして俺と宮原が二人とも非番で好きに動ける。山田には、『先日見た四谷御門前の橋に少し気になることがあった』とでも上役に言ってもらい、駆けつけてきてほしい。横手も、どうにか理由をつけて来てもらえればありがたい」

自分たち三人は集まれる段取りをつけたが、新八には自身でどうにかしろということのようだ。

「それで、集まってどうする。明日連中が動き出すとは限らんのだろう」

新八の都合など気に掛けることもなく、宮原が自らの関心事を問うた。酒田も、当然の顔でそれに応ずる。

「連中の溜まり場はすでに判明している。そこにそっと忍び寄り、中の気配を窺《うかが》う。連中が何も気づかず、中で押し込みの算段でもしていればしめたものだ。我らはその場に乗り込んで、有無《うむ》を言わさず全員引っ捕らえる」

「我らだけで一人も逃さずに捕らえられようか」

「下っ引きどもを従えた甚六を近くに控えさせておく――なに、二本差《にほんざし》も含まれているとはいえ、年寄や気弱そうな者《もの》ばかりを脅して小銭をせしめているような手合いが頭《かしら》だ。腰の刀など、赤鰯《あかいわし》（錆《さ》びて使い物にならぬような鈍刀《なまくら》）か竹光《たけみつ》やもしれぬ程度の痩《や》せ浪人《ろうにん》であろう。残りも似たり寄ったりの有象無象《うぞうむぞう》よ」

不安を口にした山田へ、酒田が自信満々に応じた。

「やはり、藤井さんには報せずに自分たちだけで行うので？」

最後の確認をする新八に、酒田は「何を今さら」という顔で決然と頷く。

「藤井さんは甚六の話に耳を貸そうともしなかったという。ならば、我らだけでやることに問題はあるまい」

「終わった後は、騒ぎになるでしょうね」

「ああ、皆が我らの武勇と慧眼《けいがん》に驚くことになろうな」

新八の意図を解すことなく、酒田は己が受ける賞賛を想い浮かべているようだった。

――どうしようか。

説得を諦めた新八は己がどう行動すべきか迷う。

――まあ、まだひと晩、考える猶予《ゆうよ》はある。

そう、結論を先送りした。

仕事を抜けて四谷に駆けつける理由を思いつけないとして、酒田らの企てに乗らないことも考えた。

しかし、当人たちは褒《ほ》められることとしか考えていないようだが、企てが成功しても失敗しても、譴責《けんせき》されることは明らかなように新八には思える。成功した場合には叱責の程度は緩めてもらえるかもしれないが、上にいっさいの報告も相談もせず勝手な振る舞いをしたことを、お咎めなしで見逃してはもらえないだろう。

――けど、逃げるわけにはいかないか。

そう結論づけて溜息をついた。

これまで酒田らの企てに反対せず仲間として話に加わってきたからには、たとえ実行日の参加を見送っても叱責の場では一蓮托生《いちれんたくしょう》となるはずだ。さらには、自分だけ逃げたとして酒田たちだけでなく事情を知った奉行所の他の面々からも、土壇場《どたんば》で臆したと見なされかねなかった。

――ならば、行くしかない。

この件で周囲からさらに蔑まれてもどうということもないが、先々の困難が増すと判っているほうへ自ら舵《かじ》を切ることもない。たとえ強引でも、何らかの理由をつけて普段の仕事からはずれるべきであろう。

――せめて、誰かに告げておいたほうがいいか。

そう考えないでもないが、では誰に、ということになると誰の顔も思い浮かばない。普段からまともな扱いをしてくれない上役や同役の先達たちは論外だ。

その者らも含めて下手な相手に話を持ち掛けたのでは、酒田らが探っていた悪事のほうはまともに信じてもらえずに、単に自分たちが引き止められるだけになってしまうかもしれない。

それで自分が酒田らから恨みを買うのは仕方がないにしても、事態がここまで進んでしまった今の段階でそうなったのでは、未然に防げたはずの商家に被害が出ることになるかもしれない。それだけはしてはいけないことだ。

——では、誰に。

先日の宿直番で、自分に偏見を持たず話をしてくれた人物がふと思い浮かんだ。しかし、新八は頭を振ってそれを打ち消す。あのときは親身になってくれたからといって、全幅の信頼を置くには衎沢という人物を知らなすぎた。

——ここまで来たからには、やはりこのまま。

新八は一人決意を固めて、よく眠れなかった夜具を撥《は》ね除《の》けた。


北町奉行所の表門を潜った新八は、朝に外役が集合する同心詰所へは向かわず、真っ直ぐ奉行所本体の建物を目指す。式台から上がって足を向けたのは、玄関脇の継之間《つぎのま》のすぐ隣にある与力番所《よりきばんしょ》だった。

朝夕に打ち合わせや連絡事項の通達のため集合する外役の同心は、通常表門に連なる同心詰所を使うが、その上役となる与力たちは、外役であっても報告や記録作成などといった部屋での仕事のほうがずっと多い。そうした外役の与力たちのために置かれた部屋が、与力番所なのだ。

下役の同心たちへの指示や通達には同心詰所へ向かう与力も多いが、このごろの町火消人足改は、冬季の増員を含めた与力の定員四人のほとんどが他のお役との兼任のため、同心たちを与力番所へ呼んで用を伝えるのを習慣としていた。

「失礼致します」

ひと声掛けて与力番所へ入室した新八は、自分の上役である町火消人足改与力の菊池《きくち》の下へ足を進めた。

菊池は、四人いる町火消人足改与力のうち現在はただ一人、兼務なしの常任である。ために、取り纏め役ではない菊池が主体となって、下役の同心との連絡などを雑務とともに担当している。

菊池は、先にこのお役に任じられていた寺本槐太《てらもとかいた》と入れ替わる形で人足寄場《にんそくよせば》定掛《じょうがかり》与力からお役替えになったばかりで、かなり張り切っていた。一方の寺本は、大川《おおかわ》の真ん中にポツンと置かれ、渡し舟以外に行き来する手段のない人足寄場への異動に気を落とし、今は新たな勤務地で抜《ぬ》け殻《がら》のようになっているという噂だ。

新八は、真っ直ぐ目当ての菊池の下へ足を進めていった。

「菊池様」

呼び掛けると、不審そうに見てくる。

「朝の打ち合わせにはまだ少々早いようだが、皆と一緒ではないのか」

「はい。願いがあって先に参りました」

「願い？」

「たいへん申し訳ありませんが、本日は大事な用ができましたので、急ではございますがお勤めを休ませてはいただけないでしょうか」

どうでもいい者を見るような菊池の目が、その言葉に厳しくなる。

新八は表情を変えることなく見返した。どのような用なのかを問われても、ただ急用で押し通すつもりだ。それで叱責されたならその場は退き下がるが、同じお役の先達たちに伝えることなく勝手に四谷へ向かうつもりだった。

どうせ酒田らの行動が明らかになれば叱責されることになるのだ。ならば、その理由が一つ増えても構いはしない。こんなことのために益体《やくたい》もない嘘を一つ余分についてしまうよりはマシであろう。

宿直番の折に声を掛けてくれた裄沢に言ったことではないが、これで奉行所を辞めることになるならそれでもいいつもりだった。

「そうか、判った。ならば本日はそのまま下がれ」

ところが、菊池はあっさりと急な休みを認めてきた。唐突な申し入れに心配する気配もない。こちらのことを慮《おもんぱか》ったというより、最初から当てにしていないという態度に見えた。

短い間とはいえ、これまで毎日真面目に勤めてきたつもりが、この対応である。判っていたことだが、それでも寂しさを覚えている己がいた。

新八は内心を押し隠し、菊池に一礼してその場を後にした。

五

「来たのか」

四谷御門から外濠を渡る橋の前の広小路に現れた新八を見て、酒田は驚いたような声を上げた。無言の宮原も同じような顔をしている。

三人だけでは人数に不安があって仲間に引き入れたものの、当初からの差別意識に加えて仲間内の話し合いで新八が積極さを見せなかったことから、実行前になって放り出すようなもの言いをした。

にもかかわらずきちんと顔を出したことが、ずいぶんと意外だったようだ。

一方、刻限どおりにやってきた新八はといえば、朝に上役へ本日の仕事を休むことを告げた後、まさか家へ戻るわけにもいかず、約束の午過ぎまでの長いときをどう過ごすかですでに少々疲れてしまっていた。昨夜の寝不足が、ここにきて体に堪《こた》え始めたということもある。

新八に遅れて、酒田らが待っていた山田がどうにか勤めを抜けてやってきた。なお、本日になって休みを取った新八と仕事から抜け出してきた山田は町方装束だが、非番だった酒田と宮原は着流しの普段着姿だ。これが相応の年齢ならば、定町廻りや臨時廻りと変装している隠密廻《おんみつまわ》りに見えたかもしれないが、元服したかどうかという歳の若者ばかりでは、周囲の者にはただ奇妙なだけの集団に見えていることだろう。

「では、行くぞ」

酒田が気合いを入れ直して歩き出す。これから向かうのは、破落戸どもが巣くっている潰れた飲み屋だと聞かされていた。

目指す荒《あば》ら屋《や》は、七軒町《しちけんちよう》という小さな町人地の中にあった。

御門前の橋から真っ直ぐ延びる道を、甲州街道《こうしゆうかいどう》とは反対の北方へ曲がった先にある片町《かたまち》（道の両側ではなく片方だけに広がる町）だ。背後は先手組の組屋敷になっているが、こちらも広大な先手組組屋敷地の端の端だった。

「酒田様、皆様」

四人がゾロゾロとやってくると、脇の路地から貧相な男が一人現れて、小声で呼び掛けてきた。これが、中根の甚六とかいう岡っ引きなのだろう。

甚六は酒田に頭を下げてから、残りの面々をぐるりと見回す。新八にだけ長く視線が留まったのは、これまでつなぎ役を任されなかったため、大事な日になっての初顔合わせだからだと思われた。

見慣れぬ顔に不審な表情にならなかったのは、新八も員数に含まれているという話だけは聞いていたからかもしれない。

「連中は、皆おるか」

酒田は、甚六に新八を紹介するでもなく核心を問うた。

「へい。出入りをきちんと確かめられたわけじゃありやせんが、これまでの動きからして、まずはみんな面ぁ揃えてるかと」

「今日、我らで打ち込むことは判ってるな」

「へい、伺っておりやすので——ですが酒田様。ホントに藤井様たちにお知らせせずに、ご自分らだけでおやりになるんで？」

「なに、我ら四人にそなたらの手伝いがあれば十分だ」

甚六は「へい」と応じたものの、不安に思っていることが表情に表れている。血気に逸《はや》った酒田は気づいていないのか、そんなことには構わず己の存念を告げた。

「では、案内《あない》せよ。まずは向こうの様子を探る」

わずかに迷いを見せた後、甚六は頷いて酒田らを先導すべく先に立った。

酒田、宮原、山田、新八の順でそれに続く。酒田は前のめりに、宮原と山田は緊張を漂わせて足を進めている。新八は一番後ろで、そんな仲間を無言で見ていた。

昼日中《ひるひなか》、夕刻も近いころとなれば、表通りなら買い物や早めの仕事帰りの者などで往来に人は増えているのだろうが、うら寂しいこの辺りで目につくのは駆け回る子供らの姿ぐらいだ。

庶民は飯を朝炊《た》くだけで夕餉は茶漬けや湯漬けで済ますため、さほど炊事にときを要さないかみさん連中は、井戸端や長屋の角などに寄り集まって、道を行く奇妙な集団を口を閉ざしたまま見送った。

集団の中に町方装束が二人いるから、子供らを含め、見はしても声を掛けてきたり後を追うような者はいない。そこにいないものとして、知らぬふりをするばかりだった。

「あそこでございやす」

足を止めた甚六が顎《あご》と視線で指し示したのは、二棟の裏長屋の間を抜ける路地の奥にぽつんと建つ見世だ。

賑わいから離れた小さな町の奥に入り込んだ先だから、よほどの売りがないと商売は難しかったろう。空き家になってだいぶ経つらしく、また建て直したとて新たに貸せる見込みもないとして、放置されたまま朽《く》ちようとしている建物に見えた。

お上の目も届きにくく周囲の関心も薄い場所で、無頼の連中が無断で入り込んで好き勝手するにはとても都合のよいところだろうと新八にも思えた。

目当ての潰れた見世から甚六へ視線を振り戻して酒田が訊く。

「見張りはさせておるのだろうな」

「へえ、あそこに」

甚六はさほど離れていない辺りに目をやる。そこに佇んでいた遊び人ふうの二人の男が、こちらの視線に気づいてわずかに頭を下げてきた。

妙なところに胡乱な男どもが立っていることを新八は危ぶんでいたのだが、甚六の子分だと聞いてようやくいくらか安堵した。「完全に」でないのは、これからの展開に不安を覚えているからだ。

そうした新八の心の動きに関わりなく、酒田がさらに問う。

「子分は何人用意してきた」

「えっ、あの二人だけでやすが」

数の少なさに目を剝くが、「自分たちだけで」と言った手前、責めることも「増やせ」と要求することも断念したようだ。酒田は皆を見回し、決然と言い放った。

「山田と横手はその格好だから目立ちすぎる。俺と宮原で様子を探りに行くぞ」

服装を言い訳にしているがそれは実際の理由の半分。本音のところでは、鈍《トロい》な山田と今ひとつ信の置けない新八を残して、頼りにしている宮原だけ伴おうということだろう。

「お前も来い」と酒田に命ぜられて、甚六も二人の後に渋々従った。

酒田と宮原が、背を屈《かが》め早足の忍び足で荒ら屋に近づいていく。深夜の暗闇の中で敵陣に潜入しようとしているかのようなその姿は、昼日中の町中では子供の戦《いくさ》ごっこにしか見えなかった。

甚六は、二人の後ろでごく当たり前に背を伸ばしてついていく。


商売をやめて久しい見世は、戸口の腰高障子《こしだかしょうじ》も破れ放題である。その障子紙が風にヒラヒラと揺れる壁近くの隙間《すきま》から、酒田はそっと中を覗き込んだ。屈んだ宮原は、障子戸に手を掛ける部分の丸い穴から中を見る。

中にいる男どもは外から盗み聞きされるなどと考えてもいないのか、声を潜《ひそ》めることもなく話をしていた。

「で、いつやるんだい。もう仲間を増やすこともねえし、待ってる意味もねえだろう」

「もう師走だ。そろそろ掛け取りの金も集まり始めてるだろうから、まだ少し待ってからのほうがいいだろうがよ」

酒田らには都合のよいことに、ちょうど押し込みの相談をしているところのようだった。日中とはいえ戸も窓も閉め切っている見世の中は薄暗く、数人の人影があると判るのがせいぜいで、それ以上は様子が上手く窺えない。

酒田と宮原は、気配を殺して耳を欹《そばだ》て続ける。

「越中屋は蠟燭を商ってるとなりゃあ、盆の書入《かきい》れどきの分はもう夏の掛け取りで回収しちまってんじゃねえのか」

「その後にゃあ、秋の彼岸《ひがん》だってあっただろうがよ。それによ、そういったことがなくたって、普段の帳場の金箱よりもちょっとでも金が集まってからのほうが、盗れるお金《たから》も多いはずだろうが」

「違《ちげ》えねえ」

これで、言い逃れができぬほどの言質《げんち》は取れた。さあ、後はどう料理してやろうかと考え始めたとき、朽ちてはずれかけている戸に真冬の空《から》っ風《かぜ》が吹きつけてカタンと揺らした。

外から様子を窺う人影が障子に映っていることに、何気なく戸口へ目をやった破落戸の一人が気づく。

「誰でいっ！」

見世の中で屯する全員が、男の声で戸口を注視し腰を浮かせた。

こうなっては他にどうしようもない。酒田は腰高障子に手をやって、はずれかける戸を無理矢理ガラリと開けた。

「北町奉行所である。そなたらの悪事はすでに明白、神妙にお縄につけっ」

戸口で大音声《だいおんじょう》を上げた酒田の脇には宮原が立つ。その後ろで、甚六が呆気《あっけ》に取られて目を見開いていた。

六

酒田らが様子を窺う見世の中から何やら叫び声がしたかと思うと、不意に酒田が見世の戸を開け広げ中へ向けて名乗りを上げた。

ことここに至っては、そのまま座視しているわけにはいかない。新八はすぐに見世へ向かって走り出した。

甚六の子分二人が後に続く。山田は反応が遅れて、ずいぶんと後ろから新八たちの後を追った。

すでに中へ踏み込んでいる酒田らに続いて戸口を抜ける。明るい外から急に屋内へ入ったために、余計に暗く感じて中の様子が見えづらかった。

それでも、次第に目は慣れてくる。

自分の前で仁王立《におうだ》ちする酒田と、その脇に立つ宮原。右手に少し離れた甚六の後ろには、いつの間にか子分の二人が従っている。背後の気配によると、山田はいまだ新八の後ろで戸口の辺りに突っ立ったままのようだった。

酒田が召し捕らんと睨み据えている連中は、見世の奥で固まっている。浪人者を含めて四人いると聞いていたが、新八の目に映った人数は五人だった。

その一番奥、おそらく五人目であろう人物が問題だ。他の者二人分を超えるほどに図体《ずうたい》が大きい。こんな男が加わっているなどとは、全く聞かされていなかった。

浪人者は確かに大したことはなさそうだったが、無言でこちらを睨んでいる大男の威圧が新八にはヒシヒシと感じられた。

「さあ、もはやお前たちに逃げ場はない。観念して、神妙に縛《ばく》につけ」

酒田は、委細構わず言い放った。想定外の者がいることに気づいていないのか、あるいは何者がいようと今さら後には退《ひ》けないと考えているのか。

「はて、お役人様方。いったい何のことでございましょうか」

対峙《たいじ》する無頼どもの中の、遊び人ふうの男が空惚《そらとぼ》けたことを言ってきた。

酒田が鋭く返す。

「誤魔化そうとしても無駄だ。そなたらが越中屋に押し入らんとしている企てを、先ほど確かにこの耳で聞いたぞ」

「ああ、そいつぁ誤解でございます。あっしらみてえな下賤《げせん》の者が、冗談交じりに話すただの馬鹿っ話にございやすよ。本気に受け取ってくだすっちゃあ困ります」

「冗談か本気かは、大番屋《おおばんや》（牢屋敷へ送る前に、本格的な取り調べを要するほど容疑が濃いかを確認するための施設。町々に設けられた通常の番屋より、容疑者を拘束・尋問するための機能が充実している）で問うた上で確かめる。いずれにせよそなたらが不穏な話をしていたことは確かだからな」

「この場のことは冗談で逃れられたとしても、これまでの行いで罪に問われるべきものがないかも確かめる必要があるしな」

酒田の言葉に、宮原が続ける。

――マズい。そのひと言は余計だ。

新八は瞬時にそう判断したが、すでに口にされてしまった言葉はもはやどうにもできない。

その場逃れで言い抜けられずに旧悪まで追及されると聞いた男たちが、とたんに殺気立った。

「な、抵抗する気か」

腰の引けかけた宮原の次のひと言もよくなかった。男たちは言葉に含まれた狼《ろう》狽《ばい》や怯《おび》えを敏感に察して余裕を取り戻す。そのときには連中は、自分らと対峙している者たちの人数の少なさや若《あお》さを、正確に見て取っていた。

「へえ、そうですかい。あっしらをお縄に掛けなさると――できやすかねえ」

「何っ」

酒田が居丈高《いたけだか》に返すが、もはや連中が脅威を感じることはなかった。

「やれるもんならやってみねえって言ってんだよ、この尻っぺたの青い小便垂《しょんべんた》れどもが！」

それまで、口ぶりだけは下手《したて》に出ていた遊び人ふうが、掌《てのひら》を返して面罵《めんば》してきた。

「このっ」

激怒した酒田が腰の刀に手を掛ける。それに気づいて宮原も酒田に倣《なら》った。

反応した破落戸どもが一斉に懐から匕首《あいくち》を抜く。浪人者も腰の刀をスラリと抜いた。

双方が緊迫した睨み合いになった。

「お前ら、どいてろ」

低い声が響いた。それまでずっと口を閉ざしたままだった、男どもの中央奥にいる大男だった。

大男が立ち上がると、左右の破落戸どもが前を開ける。

大男は一歩、二歩と踏み出して破落戸どもの前に立った。ゆっくりとした動きだったから足音が立たなかったのは当たり前かもしれないが、新八の目には、図体に似合わない猫のようなしなやかな足運びに見えた。

「おいらが相手になってやらぁ」

そう宣言した大男は両手に得物《えもの》を持たない全くの素手《すで》だったが、刃物を手にしたどの男よりも剣呑《けんのん》に思えた。

「猪吉《いのきち》……」

甚六が掠《かす》れ声で呟いた。どうやら大男のことを知っているようだ。

大男の視線が甚六のほうへ流れる。

「雷霆山《らいていざん》と呼んでもらいてえな。これでも怪我さえなきゃあ、末は関脇《せきわけ》か大関《おおぜき》(この時代の力士最高位。横綱《よこづな》は位階ではなく、名誉称号的なものだった)かって言われたほどの相撲取りなんだからよ」

大男が嘯《うそぶ》いたのへ、甚六からの返答はなかった。完全に気を呑まれている様子だ。

そんな甚六は無視して、雷霆山と自称した猪吉は再び酒田に目をやった。上げた声は、仲間の破落戸どもへの鼓舞《こぶ》だ。

「こんな小僧っ子どもはおいらがみんな張り飛ばしてやらぁ。そしたらその足で越中屋へ向かうぞ。一気に片ぁつけて、そのまんま江戸からオサラバだ」

破落戸どもは「応よ」と同意する。想定外の仕儀と相なったが、こうなれば破れかぶれだ。「後は成り行き任せでどうなるかはお天道《てんと》様次第」と覚悟を決めた。

雷霆山が出るのに遅れまいと、残りの破落戸どもも一歩足を踏み出す。

それを見て焦った甚六も、大声を上げた。ここで破落戸どもを逃がして越中屋が襲われたらそれだけで大ごとだが、さらに町奉行所の若い同心たちに怪我までさせたとなっては面目の立ちようもないのだ。

「お前ら、神妙にしやがれ。野郎ども、みんなお縄にするぞっ」

遮二無二《しゃにむに》無頼どもへ挑《いど》み掛かろうと、飛びついていった。子分の二人も及び腰ながら甚六の後に続く。

雷霆山はチッと舌打ちした。甚六が飛び込んでくるほうにいるのは浪人者と遊び人、口は達者だが腕には不安のある二人だ。

しかし、甚六たちさえどうにかしてしまえば、残るは年端もいかない小僧どもだけ。先に甚六たちを片付けるのが上手い手だとも言える。

「どけいっ」

ひと声叫ぶと、雷霆山の大きな体がその場から掻《か》き消えたかと思わせるほどの勢いで斜め前方へ突っ込んでいった。

反応の遅れた浪人者と遊び人が、雷霆山に押しのけられて尻餅《しりもち》をつく。しかし、狙いの的となった甚六と子分二人はそれだけでは済まなかった。

バキバキッと大きな音がしたかと思えば、柱が折れ軒《のき》が垂れ下がった。見世が崩壊《ほうかい》して天井が落ちてこなかったのが幸いなほどの衝撃だ。

甚六たちがどうなったかと見やれば――見世の外壁が抜けて、屋外から射し込んだ光が舞い上がった埃《ほこり》を照らしている。吹っ飛ばされた甚六たちは、見世の外へ壁ごと押し出されて姿を消していた。

張り手で伸ばした腕を戻しながら、雷霆山が悠然と酒田たちに体を向ける。

呆気に取られていた酒田と宮原は、殺気の感じられる視線を受けて雷霆山から遠ざかるほうへ一歩、二歩と後退《あとずさ》りした。

雷霆山は、ニヤリと獰猛《どうもう》な笑みを浮かべる。

「さあ、おいらたちをお縄に掛けるってんなら、そんなとこでボサッと突っ立ってねえで、さっさと懸《か》かってきねえな」

酒田も宮原も、言葉もなく相手を見返すばかりだ。

雷霆山の形相《ぎょうそう》が、せっかくの企みを台無しにされた憤怒《ふんぬ》へと変わっていく。

「お前さん方が来ねえなら、こっちから行くぜぇ」

その迫力に、酒田らが立ったまま竦《すく》み上がった。

そこへ、スッと間に入る者がいた。

雷霆山も酒田らも、意外な人物の邪魔立てに一瞬意識を持っていかれる。

「横手……」

雷霆山の前に立ったのは新八だった。新八は抜いた刀を右手に提《さ》げて、表情なく雷霆山を見ていた。

しかし、その切っ先が細かく震えているのを、雷霆山は見逃さなかった。

「いい度胸だ。褒めてやってもいいが、おいらの前を塞《ふさ》いだ不作法は高くつくぜぇ」

新八は右手一本で保持していた刀に左手も添える。自分にこの大男が止められるとは思ってもいないが、かといってその場から退くつもりもなかった。

自分がやられている間に、酒田と宮原がとりあえず雷霆山の一撃から逃れてくれればよい。その後どうなるかは、もはや自分の与《あずか》り知らぬところとなっていようということだけしか、頭にはなかった。

その新八の肩が、斜め後ろからポンと叩かれた。いつの間にか隣に立っていた人物の仕業《しわざ》だ。

「こっからぁ、交代だ」

真剣ではあるものの恐れ気を感じさせない声で、その人物は語り掛けてきた。

「藤井さん……」

地獄で仏とはこんなことを言うのかと、新八はまるで芝居でも見物しているかのような心持ちで考えた。

七

酒田や新八らが破落戸どもとやり合う数日前。

夕刻、定町廻りや臨時廻りが市中巡回を終えて北町奉行所の同心詰所に戻ってくる中、定町廻りの一人である藤井喜之介が妙な薄笑いを浮かべて入ってきたことに、臨時廻りの室町が気づいた。

「藤井さん、何かあったのかい？」

室町の問いに、集合した皆の目が藤井に集まる。藤井は、微苦笑を浮かべたまま室町に返答した。

「いやあ、どうやらヒヨッコどもが悪戯《おイタ》をやらかし始めたようでしてね」

奉行所に出仕したばかりの見習い連中が血気に逸《はや》って暴走するというのは、毎年の恒例とまではいかないものの、そう珍しいことでもない。

「ほう、お前さんの受け持ちの中でかい？」

「それが面目ねえことに、ところの御用聞きから耳打ちされるまで、全く気づいていませんで」

藤井の受け持ちは城西地域。町奉行所のある城東《じようとう》とは江戸城《おしろ》を挟んだ真反対だから、何をやらかしたにせよしばらく見逃されたままになっていてもおかしくはない。

「ふーん。で、連中はいってえ何をやらかしたい？」

藤井によれば、四谷御門外の広小路先に広がる四谷伝馬町《よつやてんまちよう》から四谷塩町《よつやしおちよう》辺りを縄張りに持つ御用聞きの弁蔵《べんぞう》が気づいて、藤井にご注進に及んだということだ。

弁蔵から聞いた話によると――。

四谷からは尾張藩邸を挟んだ向こう側で巣くっている御用聞きのなり損ないで、中根の甚六という名の男が、橋を見廻りに来た見習い同心に近づいたのがことの発端のようだ。

そもそも甚六は他の御用聞きの子分であったのだが、甚六の親分は阿漕《あこぎ》な引き合い（証人などとして白洲に呼び出すと脅し、目零し代《めこぼしだい》を受け取ること）を連発して、旦那であった南町の同心に嫌われ廃業せざるを得なくなった。

甚六はその親分の跡を引き継ぐとして名乗りを上げたのだが、先代が縁を切られた南町の同心を頼るわけにはいかず、かといって先代のときに甚六がお先棒を担いでいたことを知っている藤井にも相手にされない。

そこで目をつけたのが、怖い物知らずで嘴《くちばし》の黄色い見習い同心たちだった。

甚六は、どうやったのか有象無象の破落戸どもが徒党を組んで、四谷の老舗《しにせ》蠟燭問屋へ押し入ろうとしていることを嗅ぎつけ、見習いたちを煽《あお》り立てたようだ。

甚六の目論見《もくろみ》としては、見習いたちと上手く付き合いながら無頼どもの悪事を探り出した格好をつけ、見習い連中に花を持たせて藤井に報告させるつもりだったらしい。その功績で藤井に取り立ててもらう魂胆だったと思われる。

ところが、見習いたちは無謀にも自分らだけで手柄を挙げるつもりになり、途中からは却って甚六のほうが振り回されて今に至っている——。

「——ってことで」

「まあ、探りを入れんなぁその甚六とやらに任せっきりにしてたにせよ、あんなヒヨッコどもがおんなしとこをやたら彷徨《うろつ》き回ってりゃあ、お前さんが使ってる弁蔵とやらの耳にも入《へえ》るか」

目についても、相手は見習いらしき若手とはいえ町方役人であるから、下手なことはできない。

弁蔵が慎重を期してそっと探りを入れようとしたところ、見習いらしき面々が中根の甚六とたびたびつなぎを取っていることはすぐに判明した。後は、経験浅く警戒心も薄い見習いたちが何を話しているかを盗み聞けば、全容は容易に判明したということだ。

室町が相鎚《あいづち》を打ったのへ、それまで黙って藤井の話を聞いていた面々の中から来合が声を上げた。

「で、その見習い連中ってのは、誰のことですか」

「ええと、四人《よつたり》か。みんな、今年初出仕の奴らだな」

「その中には、横手も入っているのですか」

「ああ。そういやいつもは仲間はずれにされてたようなのに、なぜかこたびは一緒のようだな」

黙ってしまった来合を、室町が見やる。

「横手の倅が気になるかい？　――そういや横手の親父さんのほうとお前さんは、ちょいと因縁《いんねん》があったよな」

「そういうわけでもないんですが……で、藤井さん。どうなさるおつもりで」

藤井はまた苦笑いを浮かべる。

「まあ、しばらくは様子見かな。今すぐ呼び集めて叱ってやってもいいけど、あんなことまで勝手にやるような連中だ。言うこと聞かねえでまた似たようなことをやらかしかねねえとなりゃあ、しばらく好きにさせといて、ここってとこでガツンと雷《かみなり》落としたほうが身に沁《し》みるだろうからな」

「となるとしばらくは目が離せなくて、お前さんもたいへんだねえ」

室町が藤井の方針を認めながらも、余計な苦労を背負うことに同情する。

「なあに、いざとなりゃあ筧さんにも手伝ってもらって、なんとかしますよ」

「仕方ねえな。そんときゃあ手ぇ貸すか」

微妙な顔で頷いた筧の横から、来合も口を挟んだ。

「もし何かあったら俺も手伝いますから言ってください」

室町は黙って見ていたが、来合が藤井たちの用事に手を取られるときには本来の本所・深川の持《ち》場《ば》のほうはきちんと面倒を見てやるつもりになっていた。

そして、酒田らが破落戸どもとやり合う前日の夜。

藤井の組屋敷に、八丁堀の南東部を縄張りとする御用聞き、日比谷河岸《ひびやがし》の助蔵《すけぞう》が訪ねてきていた。

藤井は助蔵に、酒田らの自宅近辺での動きを秘かに探らせていたのだ。なお藤井は、日本橋川より南方を受け持ちとする定町廻り・入来平太郎《いりきへいたろう》の了解を得て助蔵を使っている。

「そうか、亀島町の矢場にな。そんなところで集まれるとは、連中の中にゃあ意外に遊び慣れた野郎がいるんだな」

「中のお一人が顔馴染みだそうで」

助蔵は誰のことかは口にしなかった。先々己ともどのような関わり合いができるか判らない面々だから、自衛のためにも「そいつは誰だ」と真っ直ぐ問われでもしない限りペラペラ喋ろうとは思わない。

助蔵はところの御用聞きとして町家に知られているから、酒田たちが会合する矢場にも「顔」が利いた。奥の部屋での話を、そっと近づいて全て耳にしていたのだ。

「ふーん明日かい。それにしたって、ずいぶんと無茶なことぉ考えるもんだ」

報告を聞いてそう感想を述べる藤井に、助蔵は「それで、どうなさいやす」と問うた。

「どうするもこうするも、放っちゃおけねえや――助蔵、夜分済まねえが、これからひとっ走り四谷まで行ってくれめえか」

助蔵は即座に応諾する。藤井は助蔵に、己が使う四谷の御用聞き・弁蔵へのつなぎを頼んだのだった。


その翌日。酒田らが破落戸どもとやり合うことになる日。

朝に町奉行所での廻り方の集まりで、酒田らの行動とそれへの対処を報告した藤井は、見習い連中が動き出すまで受け持ちの見廻りをすべく城西方面へ足を向けていた。

本日は小日向のほうから回るつもりだから、お城の内濠の外側をぐるりと北回りに歩いていく。

北町奉行所のある内濠北東部の呉服橋からお濠沿いに真北のほうまで行くと、小川町《おがわまち》と呼ばれる武家地とお濠の間には広大な原っぱが広がっている。一番から四番までの名が付けられた火除地《ひよけち》だ。

冬場は町中でも赤城颪《あかぎおろし》の空っ風が吹きつけるが、前後が道で右手一面が火除地、左手がお濠と、遮る物のない吹《ふ》きっ晒《さら》しの中を歩くのは寒風に身を切られる思いがする。

真冬でさえ羽織一枚で通すことを粋《いき》としている廻り方でも、尋常でないほど体に堪える寒さを覚えさせられた。

首を竦めながら一歩一歩踏みしめていくと、前方から走ってくる者がいる。その男に見憶えがあった。

向こうも、町方装束とお供の二人をずいぶん前から視認していたようだ。

「藤井の旦那っ」

息を切らせつつ名を呼んできた男に、不吉な予感を覚えた。

「弁蔵。そんなに慌てて、いってえどうした」

「旦那、申し訳ねえ――面目ねえことに、どうやら、あっしらぁ、見逃しを、してたようで」

「いいからともかく落ち着きねえ。息ぃ整えて、はっきり判るように話してみろい」

「へえ……見習いの方々がお縄にしようとしてる相手に、とんでもねえ野郎が加わってるってことが判りやしたんで」

「とんでもねえ野郎？」

「へえ、猪吉って大男なんですが、以前は雷霆山って醜名《しこな》で相撲取りをやってた乱暴者で」

「力士崩れかい……おいらが知らねえってこたぁ、あの界隈に巣くってたわけじゃねえのか」

「へい。どっかのお大名のお抱えになってたようですが、生まれは市谷平山町だそうで」

平山町は牛込の範疇《はんちゅう》に入っているのに頭に市谷とつく不思議な町名の町である。もっとも、位置的には牛込御門よりも市谷御門のほうがずっと近い。

この時点ではまだ当人たちは出会っていないが、甚六が己の縄張りと主張する場所でもあるため、おそらくは同じ町で生まれ育ったから猪吉をひと目見ただけで誰か判ったのだろう。

「相撲取りったってピンキリだろう。猪吉って野郎は、そんなに厄介なのか」

「へえ、勧進《かんじん》相撲なんかじゃあ、でえぶ上のほうの力士を負かして喝采《かっさい》を浴びるようなこともたびたびあって、ずいぶんと先を見込まれてたようで。ですが素行《そこう》が悪くて普段から乱暴な振る舞いも多く、怪我ぁしたのをきっかけに抱えてもらってた大名家を放《おん》り出《だ》されたってこって。その怪我も、相撲の立合《たちあ》いや稽古でのもんじゃあなくって、酒ぇかっ喰らって暴れたときに負ったそうでやす」

「手がつけられなくて大名家から見放されたか……けど、上位力士を負かすほどの力があんなら、簡単にゃあ捕らえられねえな」

「見慣れねえ大男がいつの間にか連《つる》んでたんで、氏素性《うじすじよう》を確かめてるうちにこんなにときを食っちまいました。あっしの失敗《しくじ》りでございやす。真に申し訳ございやせん」

「まあ、見習い連中が打ち込む話を決めたのが昨日の今日だ。お前さんの失敗りじゃねえから気にするねえ——それより、その猪吉が本気で暴れ出したらどうするかだな……抱えてた大名家から放り出されるような暴れん坊だと、大人しく捕まっちゃくれねえだろうなぁ。

　連中にくっついてる甚六とやらの手勢は？」

「親分が手仕舞いしたときに勝手に後継の名乗りを上げただけの野郎です。人望どころか小遣い与えるだけの銭《ぜに》を持ってるかも怪しいところですし、二、三人も手懐《てなず》けてりゃあ上々ってとこでしょう」

「やっぱりそんなんか——なら、とっても当てにゃあできねえな」

「どうなさいやす。あっしの子分どもは集められるだけ集めやすけど、お手先（奉行所の小者）の面々にも出張ってもらいますんで？」

「そこまで考えとかなきゃならねえだろうけど、見習い連中のこともある。できれば大ごとにしたかねえんだが……」

そう言って宙を見上げた藤井は、何か思いついたように呟いた。

「そういや、あいつは今日、非番だったたな」

そして視線を、小腰を屈めた弁蔵へ落とす。

「弁蔵、お前さんはすぐに四谷へ戻って、手下どもを集める段取りしてくんねえ──それから梅次《うめじ》、ご苦労だがお前さんは八丁堀へ使いに立ってくれ」

後のほうは供として連れていた小者への指示である。梅次には、訪ねた先がもし留守であったなら、町奉行所に立ち寄って緊急時に備えている臨時廻りに事態を告げ、小者を引き連れての出役《しゅつやく》を願うよう言付けした。

「さぁて、こいでどうなるか」

小者を戻して弁蔵を先にやり、独りになった藤井は気合いを入れ直して足を踏み出した。

八

そして、甚六とその子分二人を吹っ飛ばした雷霆山に新八が対峙した場面。

勝算など一つもないのに酒田らの前に出た新八の肩を、横合いから叩く者がいた。

「こっからぁ、交代だ」

「藤井さん……」

ほっとした新八に、正面から殺気に満ちた声が浴びせられる。

「そんなふうに余所見《よそみ》していいのかい」

視線を戻した新八は、雷霆山の冷ややかな目を見て今さらながら震えが来たが、隣に立った藤井は平然としたものだった。

「交代だっつったろう」

「ほお？　お前さんは廻り方かい。なら、お前さんから相手してもらおうか」

そのとき、甚六らが飛ばされて壊れた壁の向こうから声が掛かった。

「お前さんの相手はおいらがしようか」

そこにヌッと姿を現したのは、雷霆山にも劣らぬような大男だった。

「来合さん……」

藤井に庇われた新八が呟く。来合は非番で家にいるところへ、藤井の指図を受けた小者の梅次が急を報せにきたのだった。

雷霆山は意外そうな顔で来合を見る。

「見慣れねえ面だが、ご同業かね」

問われた来合は苦笑する。

「非番のところを呼ばれたからこんな普段着姿《かっこう》だが、これでも町方だぜ」

「なら、手加減は要らねえな」

ニヤリと獰猛な笑みを浮かべるが、来合は動じていない。

「本気で懸かってきな」

言われた雷霆山の目が来合の腰元に落ちる。

「素手を相手に刃物を遣おうってかい」

来合は、自分の刀をポンと叩いた。

「おいらぁ廻り方だ。こいつぁ刃引《はび》き（刃を研《と》ぎ出していない刀。咎人を斬り捨てるのではなく召し捕ることを務めと心得る廻り方の多くが用いた）だぜ――そっちが相撲取りなら、お前さんのてっぽう（張り手）はコイツと変わりがねえだろう？」

雷霆山はまたニヤリと笑ったが、今度の笑みに威迫は籠められておらず、どこか楽しそうにすら見えた。

雷霆山は蹲踞《そんきよ》の姿勢を取り、上体を前に出して片手を地面につく。

一方の来合のほうは、刀に手をやるでもなく、両手をダラリと下ろし力を抜いて、ただ突っ立っていた。

「行くぜっ」

雷霆山が吼《ほ》える。

来合は反応せず、立合いの体勢に入った雷霆山を黙したままじっと見下ろす。

二人が睨み合って刹那《せつな》のときが過ぎたかと思ったら、雷霆山はもうそこにはいなかった。まるで名前のとおり雷光になったかのごとく、周囲が反応できぬほどの速さで飛び出したのだ。

雷霆山の大きな体が来合にぶつかっていく。その手が神速の速さで伸びたのを、新八の目は捉えることができなかった。

――来合さん！

新八は、雷霆山に吹っ飛ばされて壁ごと見世の外に消えた甚六の姿を来合に重ね合わせた。来合の体が動いているようには見えず、もう回避は間に合いそうもない。

新八の父親に廻り方昇進の期待が掛かったとき、その前に立ちはだかり横合いからお役を掻《か》っ攫《さら》っていったのが来合だった。

そのときには父への落胆とともに来合への憤りを感じていたが、気力を失い酒に逃げる父を見続けているうちに、いつの間にか来合への不合理な感情は消えていた。残ったのは父に対する落胆だけだ。

自分が父の代わりに奉行所へ出仕することになってから、来合がこちらを気に掛けているのではと思える行動を取ってくれたこともあったが、過去のことを自分の中で整理しきれず、厚意に応えて近づくことはできずにいた。

そんな新八を見て無理に接近してこようとしなかったのも、来合の気遣いだったのだろうと今なら判る。宿直のときに裄沢が親しく話をしてくれたのも、裄沢の幼馴染みだと聞く来合が働き掛けてくれた結果なのかもしれない。

その来合が、大熊にも等しい凶暴な男に害されようとしている。

何もできずにただ見ているだけの自分の無力を、新八はグッと嚙み締めていた。

新八から見て佇む来合と雷霆山の姿が重なったとき、一瞬、飛び掛かっていく雷霆山の向こうの来合が、大きく膨《ふく》れ上がったように見えた。

ズシャッ。

響いたのは、打ち据えられた音か、それとも地に頽《くずお》れた音か。

人とは思えぬ勢いで飛び込んだ雷霆山の大きな体など受け止められるはずがないのに、来合はその場から一歩も下がることなく、真っ向上段から振り下ろした刀を止めて静かに残心《ざんしん》に取っていた。

来合の目の前には、雷霆山の大きな体が潰れたように前のめりで倒れている。雷霆山は、死んだのか気を失ったのか、ピクリとも動かなかった。

小山のような雷霆山を残心に取ったままじっと見下ろしていた来合は、フッと小さく息を吐くと一瞬の動作で納刀《のうとう》した。

「おい、そいつぁ……」

新八の隣で息を呑んでいた藤井が、気を取り直して来合に問うた。

「肩に打ち込んだだけです。骨は折れているでしょうが、命に別状はないはずです」

そう応えた来合の声は、なにごともなかったように落ち着いていた。

頼りの雷霆山が一瞬で倒されたことで、残りの破落戸どもは抵抗する気力を失っていた。藤井の命で、弁蔵とその下っ引きが縄を打っていく。

「おいらぁ、お前さん方の手柄を横取りする気はねえよ。お前さん方が自分でお縄にするかい？」

藤井が気さくに語り掛けてきたが、酒田たちには答えることができなかった。

怪我をして気を失った者が、雷霆山、中根の甚六とその子分たちの計四名。後は、見習いの酒田たちを含め掠《かす》り傷《きず》を負った者もいなかった。

甚六たちを戸板で運ぶのにさほどの苦労はなかったが、雷霆山だけはそうはいかず、運ぶために大八車《だいはちぐるま》を用意したものの、そこに乗せるだけで大いに苦労させられた。

新八もそれを手伝ったが、チラリと見た雷霆山の右肩がくの字に折れ曲がっているのを見て、改めてあの一瞬の攻防の凄まじさに戦慄《せんりつ》させられた。

雷霆山を含む無頼どもは、「本気ではなく冗談を言い合っていた」とまた誤魔化そうとしたが、酒田らに咎められた後の抵抗だけでも罪ありと吟味方に断ぜられ、さらにそれぞれの旧悪も次々と暴かれてお白洲で裁きを受けることになった。

見習い連中を唆して藤井に取り立てられることを目論んだ甚六は、企てが烏有《うゆう》に帰《き》したばかりでなく捕り物に失敗《しくじ》って大怪我を負った醜態《しゅうたい》が人々の噂になり、先代の跡を継いで岡っ引きになるという目論見が完全に頓挫《とんざ》した。いつの間にか平山町の住まいを引き払い、どこかに消え失せたという。

酒田ら見習い同心四人は、独断で自分らの仕事ではない探索に従事し、咎人を逃がしかけたばかりでなく危うく大怪我をするところであったことを強く叱責され、数日間の謹慎を命ぜられることになった。

それを耳にした定町廻りの藤井は、「いいお灸《きゅう》になったろう」と笑っていた。

九

それから二日ほど後。夕刻の与力番所は、もうこれで本日の仕事は終了だという弛緩《しかん》した気配の漂う中、皆がのんびりとした気分に包まれていた。

それは、同心どもを集合させた町火消人足改与力の菊池も一緒である。

「――と、いうことだ。皆、心しておくように」

通達事項を告げ終えた菊池に、町火消人足改同心一同は「はい」と声を揃えた。

ちなみに新八は自宅にて謹慎中であり、この場にはいない。

「それにしても、アレがいないと和《なご》やかでよろしいですな」

打ち合わせも終わり後は帰るだけとなって、町火消人足改同心が雑談の口火を切った。同僚がそれに合わせる。

「いかにも、いかにも。父親が不始末を犯した後にお情けで拾い上げてもらいながら、自分もあのようなことをしでかすとは、何たるお粗末。このまま辞めてくれれば厄介払いができて、ずいぶんとスッキリするのですがな」

皆が同意する中、本日立ち会う与力としては一人だけの菊池も、この場にいない者への非難を止めようとはしない。

「ったく、あのような者でも無足を飛ばして俸給のある見習い身分で入ってくるとは」

同心のうちの誰かが吐き捨てたのへ、横合いから「そうした考えはいかがかと存じますが」と声が掛かった。

何者かと皆が見やれば、外役与力の誰かにお奉行からの通達でも持ってきたのか、用部屋手附同心の裄沢がこちらを向いて立っていた。

「裄沢殿……」

同心の一人が名を呼んだが、裄沢は挨拶もせず先ほど己が発した言葉の続きを口にする。

「父親がまだ奉行所に出仕している間に勤めに出るならともかく、完全に隠居した後での出仕となれば、暮らしていけるだけの俸給が出るのは当然ではありませんか」

「しかしながら――」

裄沢にしては珍しいことに、相手の反論を遮って己の存念を表明する。

「それがしも、父が突然亡くなった後での出仕でしたから、無足を飛ばして最初から俸禄をいただいておりましたが、これも受けてはいかぬことでしたでしょうか」

「いや、そなたの場合はお父上が殉職されたのだから、あの者とは事情が――」

「いずれにせよお奉行とこの町奉行所《ごばんしょ》が決めたこと。それは、横手の父親の隠居願いを受理し、倅である新八の出仕を認めたことを含めてにござる――貴公らは、こうしたお奉行や御番所の考えに異論があると仰せですか。ならば、こんなところで陰口に聞こえるようなもの言いをしておらずに、お奉行にでも年番方《ねんばんかた》にでも強く申し出るべきでは」

年番方は、奉行所内の出納《すいとう》管理や人事に携《たずさ》わるお役である。

裄沢は続ける。

「幸いにしてそれがしのお役は用部屋手附。よろしければこの場より皆様をお連れして、内与力の唐家様や深元様に橋渡しをさせていただきますが？」

そこまで言われて、町火消人足改同心一同は、皆が押し黙った。

裄沢は、なおも続ける。

「そもそも、当人が謹慎を受けたことについて呆れ返っておられるばかりであったようですが、初出仕したばかりの見習いが過ちを犯すのはごく当たり前のこと。それが酷いものにならぬように指導するのが、先達たる皆様方のお役目ではありませぬのか。

確かに一から十まで全ての指導はできぬとは思いますが、皆様が呆れ返るようなことを彼《か》の者がしでかすまで、どなたもそうした振る舞いに気づかれてはいなかったのですか。たとえば指導をすべき相手とは見なさず、突き放して冷たい目で見ておらば、さようなこともあろうかと存じますが」

誰も反論できぬ中、一人がようやく声を上げる。

「裄沢殿、そなたのお役は用部屋手附のはず。他のお役に口を挟むのは、口幅《くちはば》ったい言い方ながら、いささか僭越《せんえつ》ではないかと存ずるが」

「ほう、そうでしょうか？」

そう返した裄沢は、じっと与力の菊池を見つめていた。

──僭越どうこう以前に、外からこれだけ言われるようなことを、あなたたちはしていないか？

言外にそう表明されているのは明らかであり、菊池は居たたまれぬ気持ちになった。思わず声が出る。

「いや、そなたの申すことにも一理《いちり》ある」

「菊池様⁉」

配下の同心が驚きの声を上げるが、それを無視して菊池は続けた。

「我らの指導にも至らぬところがあったかもしれぬ。今後はきちんと見直しをして、遺漏《いろう》のないようにしていきたい」

同心一同が唖然として声もない中、裄沢は「勝手を申し上げました」と一礼して立ち去る素振りを見せる。その声に満足げな響きを感じたのは、菊池の思い違いであろうか。

「ホンに勝手なことを言いよって」

当人に面と向かってぶつけられぬ怒りで吐き出された言葉など耳に入らなかったように、裄沢は表情を変えることなく与力番所から退出した。

裄沢は、吟味方与力の瀬尾、内与力の古藤に倉島と、わずか半年ほどの間に己より上の身分の者を三人も辞めさせたという噂がある男だ。菊池が今就いている町火消人足改与力の前任者、寺本を追い落としたのも裄沢ではないかと言われていた。

そんな男を真っ向から敵に回すほど、菊池は愚《おろ》かなつもりはない。裄沢が大人しく去っていったことに、大いに安堵していた。

そしてこれからも敵に回すことなどないように、慎重に振る舞わねばならぬと自分を戒《いまし》めたのだった。

この部屋で先ほどまで裄沢がやり取りしたのは町火消人足改の面々だけだったが、与力番所には外役与力多数が在籍しており、その多くが今の話を耳にしている。

　ここでなされたやり取りも、噂となってたちまちのうちに北町奉行所の中に広まるだろう。そして裄沢を敵に回したくない者らにすれば、その逆鱗《げきりん》に触れるのを回避する方策を、これで一つ得たことになる。

　賢い者であれば、有効に活用してくれるであろうことが期待できた。

　裄沢は、己に関する悪評などは気にしない。効果が上がることが確実ならば、あえてやらない理由はなかったのだ。


　押し込みを働こうとした無頼どもを捕らえようとして逆に窮地に陥り、藤井や来合に救けられてから数日。

　謹慎が明けて再び奉行所へ出仕すると、以前よりさらに冷たくあしらわれるであろうという新八の覚悟をよそに、迎えた町火消人足改の面々は、与力の菊池様をはじめ皆がどこかぎこちない温かさで迎え入れてくれた。まあ、当然叱られもしたけれど。

　朝の集合が終わって実務に就くと、先達の方々が今までにないほど丁寧に仕事を教えてくれる。なぜか、これまで顔を出したことのない菊池様までその場に立ち会い、自分たちが仕事をする様子をずっと見ていたのだ。

そして、気味が悪いほど穏やかな一日が終わった。

「横手ぇ！」

奉行所の表門を出て家路に就こうとしたとき、背後から声が掛かった。振り向いてみると、同じ見習いの酒田が駆けてくる。

待っているところに追い着いた酒田は、新八の体に片手で抱きつくようにして通り過ぎてしまうほどの勢いを止めた。

「今帰りか」

「ああ――」

今日の不思議な出来事を話そうとすると、それに押っ被せるように酒田が続ける。

「なら、我が家《うち》へ行こう。宮原と山田も呼んで、みんなで語り合おうではないか」

「………」

「どうした。嫌か？」

不安そうに、酒田が訊いてくる。

「そんなことはない。ありがとう。ならいったん帰って、家人に伝えてからそっちへ行こう」

すぐに返事ができなかったのは、呆気に取られていたためだ。こんなふうに誘ってもらえるとは思ってもいなかったから。

返事をしながら、温かな気持ちが込み上げてきた。

新八が酒田に対し丁寧語ではなく普通に話しているのは、謹慎を申し渡されて自宅へ戻る途中で、怒ったような顔でそう言い渡されたからだ。

破落戸どもと対峙したあの日、全員で奉行所に戻ってからいろいろと事情を訊いてきたのは年番方の同心だった。

それぞれ別のお役に就いている見習い四人から事情を訊くのは誰が適切かという判断からの人選だということもあるが、見習いの配属は様々な仕事を経験させるための仮のものであり、比較的短期で異動を行うから、その間は年番方が管《かん》掌《しょう》している側面があるというのも理由になっている。

事情を聴取される際、新八はひと言も弁解をしなかった。皆と同じく問題ある行動を咎められ、皆と同じく処分を受けるのが当然だと思っていた。

そして、皆よりもネチネチと細かなことまで問い質されるのも、皆よりもいっそう厳しく叱られるのも、父のことがある以上は仕方のないことだと受け入れていた。

しかし、しばらくは皆が黙って叱られていたのに、年番方の同心の叱責が新八だけに集中するようになると、思い掛けないことに酒田が自分らを叱る同心に反発した。

――皆が同じようなことをしたのに、いや、横手はむしろ自分らを止めようとさえしていたのに、なぜ横手ばかりがそう強く叱られるのか。事情は全て説明したではないか。

そう、新八のために怒ってくれたのだ。

年番方の同心が酒田を制してなおも新八だけを攻撃しようとしたのは、いまだ現役を続ける酒田の父が「例繰方の生《い》き字引《じびき》」と言われるほどに皆から一目《いちもく》置かれる存在だというばかりでなく、年番方のその同心がかつてだいぶ世話になった相手だからでもあった。こたびの騒動を主導したその息子に、年番方は気を遣ったのである。

しかし気を遣われたほうは、そうは受け取らなかった。

新八は、皆をあんな窮地まで引きずっていきながらいざという場面で腰が引けた酒田の前に出て、命懸けで庇ってくれた男だ。それが当人にはどうしようもない父親の不始末で、本来償う必要のない負い目を背負わされている――それまで自分が新八に向けていた僻目《ひがめ》を恥じる心持ちも相まって、己を抑えきれずに激しく反発したのだった。

酒田が一方的に嚙みつく形での言い争いは、間に年番方の与力が入ることでようやく収まった。伊佐山《いさやま》という名の年番方を取り纏める立場にある与力は、それまで事情聴取と譴責《けんせき》を行っていた同心を下がらせ、後を自分が引き受けた。

伊佐山が見習い四人を分《わ》け隔《へだ》てなく扱ったことで、酒田もどうやら落ち着いたのだった。

その帰り道、酒田は新八に対等のもの言いをするよう要求した――当人の意識では、願った――のだ。

北町奉行所前に架かる呉服橋を仲よく渡る二人の若い同心を、裄沢が奉行所の表門に立って見ていた。

「どうやら、落ち着きそうだな」

いつの間にかすぐ横に並んで立っていた来合が、同じものを見てほっとした声を上げる。

「本当に落ち着くかどうかはこれからだろうが、俺らがやれるのはここまでだろうな」

裄沢はそう返して歩き出した。

──俺らがやれるのはここまでだろう。

裄沢の紛れもない本音である。

いかに来合が心配していようとも、どこまでも面倒を見続けるのは当人のためにならない。ここから先は、自分の力で伐《き》り拓《ひら》いていくべきだ。

新八の父親についても同じことが言える。横手新三郎を追い詰めて真相を白状させた裄沢や来合では、手助けをする者としては全く不適切なのだ。そして、いまだ妻子と正面から向き合うことのできていない横手だが、酒に逃げることをやめただけでも前進はしている。

家族の問題をどうするかも、この先新八が担っていくべきことだ。

──そして、あの若者ならそれができる。

裄沢は、そう確信している。

──寒風吹《ふ》き荒《すさ》ぶ冬の間はじっと力を蓄《たくわ》え、やがて時期が至ったならば思う存分芽吹《めぶ》け。お前ならできるだろう。お前は、ひねくれ者でもやさぐれでもないのだから。

晴れ渡った冬の寒空《さむぞら》を見上げ、裄沢はそう心の中だけで呟いた。

「さあ、久しぶりに一杯引っ掛けてくか」

並んで歩く来合が明るい声で誘ってくる。

「美也さんが家で待ってるんだ。軽くだぞ」

そう釘を刺す裄沢の声も、いつもより弾《はず》んで聞こえた。

この作品は双葉文庫のために書き下ろされました。

双葉文庫

し-32-39

北《きた》の御番所《ごばんしよ》 反骨日録《はんこつにちろく》【六】

冬《ふゆ》の縁談《えんだん》

2022年12月18日　第1刷発行

【著者】
芝村涼也《しばむらりようや》

【発行者】
箕浦克史
【発行所】
株式会社双葉社
〒162-8540 東京都新宿区東五軒町3番28号
［電話］03-5261-4818(営業部)　03-5261-4868(編集部)
www.futabasha.co.jp(双葉社の書籍・コミックが買えます)
【印刷所】
中央精版印刷株式会社
【製本所】
中央精版印刷株式会社

【フォーマット・デザイン】
日下潤一

ISBN978-4-575-67141-4 C0193
Printed in Japan

芝村凉也

長屋道場騒動記【一】
迷い熊帰る

長編時代小説〈書き下ろし〉

長き武者修行から戻ってみれば、剣術道場は長屋と化していた⁉ 住人の危機を救うため「迷い熊」が正義の剣を振るう。シリーズ第一弾！

芝村凉也

長屋道場騒動記【二】
迷い熊衛《まも》る

長編時代小説〈書き下ろし〉

夜鴉一味の事件の余波で、お君の警固につくことになった生馬。だがお君が市中でやくざ者とひと悶着起こしたことで、また大騒動になる。

芝村凉也

長屋道場騒動記【三】
迷い熊阻《はば》む

長編時代小説〈書き下ろし〉

長屋の普請が終わり道場再開も間近に迫るなか長屋に住まう定吉と実太に災難が降りかかる。住人の危機を救うべく、迷い熊が立ち上がる！

芝村凉也

長屋道場騒動記【四】
迷い熊猛《たけ》る

長編時代小説〈書き下ろし〉

再開した間野道場に他流試合を求める二人の浪人が現れた。傍若無人な振る舞いに怒った生馬は二人を叩き出すのだが――。注目の第四弾！

芝村凉也

長屋道場騒動記【五】
迷い熊奔《はし》る

長編時代小説〈書き下ろし〉

間野道場襲撃には西国の小藩が絡んでいた。思わぬ事実に困惑する生馬の前に、最強の刺客が姿を現す。痛快人情活劇シリーズ第五弾‼

芝村凉也

長屋道場騒動記【六】
迷い熊匿《かく》す

長編時代小説〈書き下ろし〉

明かされたお君出生の秘密。今後を危惧した生馬は、岡っ引きの仁蔵に探索の協力を求め、十河藩の内情を探りはじめるのだが――。

芝村凉也

長屋道場騒動記【七】
迷い熊繋《つな》ぐ

長編時代小説〈書き下ろし〉

生馬たちの活躍で三嶽藩によるお君拐かしは阻止された。だが騒動の際のやり取りを耳にしたお君は、己が出自に疑念を抱き――。

芝村凉也
長屋道場騒動記【八】
迷い熊笑う
長編時代小説
〈書き下ろし〉
お君を巻き込む十河藩の訌争が決着を見せぬなか、三嶽藩が思わぬ策を弄してきた。窮地に追い込まれた生馬たちは――。シリーズ最終巻！

芝村凉也
北の御番所 反骨日録【一】
春の雪
長編時代小説
〈書き下ろし〉
男やもめの屁理屈屋、道理に合わなければ上役にも臆せず物申す用部屋手附同心・裄沢広二郎の奮闘を描く、期待の新シリーズ第一弾。

芝村凉也
北の御番所 反骨日録【二】
雷鳴
長編時代小説
〈書き下ろし〉
深川で菓子屋の主が旗本家の用人に無礼討ちにされた。この一件の始末に納得のいかない同心の裄沢は独自に探索を開始する。

芝村凉也
北の御番所 反骨日録【三】
蟬時雨
長編時代小説
〈書き下ろし〉
療養を余儀なくされた来合に代わって定町廻りのお役に就いた裄沢広二郎の前に現れた人足姿の男。人目を忍ぶその男は、敵か、味方か!?

芝村凉也
北の御番所 反骨日録【四】
狐祝言《きつねしゅうげん》
長編時代小説
〈書き下ろし〉
盟友の来合轟次郎と美也の祝言を目前に控え、段取りを進める裄沢広二郎。だが、その二人の門出を邪魔しようとする人物が現れ……。

芝村凉也
北の御番所 反骨日録【五】
かどわかし
長編時代小説
〈書き下ろし〉
用部屋手附同心、裄沢広二郎を取り込もうと近づいてきた日本橋の大店、鷲巣屋の主。それを撥ねつけた裄沢に鷲巣屋の魔手が伸びる。

芝村凉也
北の御番所 反骨日録【六】
冬の縁談
長編時代小説
〈書き下ろし〉
裄沢広二郎の隣家の娘に持ち込まれた縁談の相手は、過去に二度も離縁をしている同心だった。裄沢はその同心の素性を探り始めるが……。